Melhores Poemas

ÁLVARES DE AZEVEDO

Direção de Edla van Steen

Melhores Poemas

ÁLVARES DE AZEVEDO

Seleção e prefácio
ANTONIO CANDIDO

© **Antonio Candido, 1985**
7ª Edição, Global Editora, São Paulo 2022

Jefferson L. Alves – diretor editorial
Flávio Samuel – gerente de produção
Gustavo Henrique Tuna – gerente editorial
Vanessa Oliveira – coordenadora editorial
Rita Boccato, Virginia Araújo Thomé,
Alice Aparecida Duarte e Juliana Tomasello – revisão
Vladimir Sazonov/Shutterstock – foto de capa
Eduardo Okuno – projeto gráfico
Danilo David – diagramação

Dados Internacionais de Catalogação na Publicação (CIP)
(Câmara Brasileira do Livro, SP, Brasil)

Azevedo, Álvares de, 1831-1852
   Melhores poemas Álvares de Azevedo / seleção e prefácio
Antonio Candido. – 7. ed. – São Paulo : Global Editora, 2022. –
(Melhores poemas / coordenação direção de Edla van Steen)

  Bibliografia.
  ISBN 978-65-5612-203-8

  1. Poesia brasileira I. Candido, Antonio. II. Steen, Edla van.
III. Título. IV. Série.

22-96731

Índices para catálogo sistemático:

1. Poesia : Literatura brasileira B869.1

Aline Graziele Benitez - Bibliotecária - CRB-1/3129

Obra atualizada conforme o
NOVO ACORDO ORTOGRÁFICO DA LÍNGUA PORTUGUESA

Global Editora e Distribuidora Ltda.
Rua Pirapitingui, 111 — Liberdade
CEP 01508-020 — São Paulo — SP
Tel.: (11) 3277-7999
e-mail: global@globaleditora.com.br

 globaleditora.com.br   @globaleditora

 /globaleditora   @globaleditora

 /globaleditora   /globaleditora

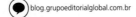 blog.grupoeditorialglobal.com.br

 Direitos reservados.
Colabore com a produção científica e cultural.
Proibida a reprodução total ou parcial desta
obra sem a autorização do editor.

Nº de Catálogo: **1555.POC**

Antonio Candido de Mello e Souza foi professor de Teoria Literária e Literatura Comparada da Universidade de São Paulo, professor de Literatura Brasileira da Universidade Estadual Paulista (Campus de Assis) e Coordenador do Instituto de Estudos da Linguagem da Universidade Estadual de Campinas. É Presidente do Conselho Editorial da Fundação Perseu Abramo do Partido dos Trabalhadores. Autor de vários livros, entre os quais: O *método crítico de Sílvio Romero, Formação da literatura brasileira*, 2. vols., Os *parceiros do Rio Bonito, Tese e antítese, Literatura e sociedade, O discurso e a cidade.*

1

Álvares de Azevedo foi um dos poetas mais lidos e queridos do Brasil, enquanto estiveram em voga as cadências melodiosas, o tom sentimental ou satânico e o entrechoque abrupto das paixões, peculiares ao Romantismo. Depois, foi ficando para trás. Basta dizer que entre 1855 e 1900 as suas obras tiveram sete edições – e que a oitava só foi sair em 1942.

Mas a sua validade permanece, como esta seleção procura sugerir, recolhendo numa obra irregular amostras do que merece ficar. Nela o leitor encontrará poesia no verso e poesia na prosa, como convém a um romântico, isto é, alguém ligado a uma concepção de literatura que mostrou como é relativa a divisão dos gêneros.

Sob esse aspecto o Romantismo foi com certeza o maior acontecimento nas literaturas do Ocidente, acabando com a hierarquia dos temas e das palavras, dissolvendo regras congeladas de composição e, sobretudo, criando comunicação entre todas as esferas, para abrir caminho a todas as liberdades. Em seguida houve momentos de volta das cercas e cancelas, sem contudo anular-se o legado de libertação estética. O leitor desta coletânea perceberá que a liguagem de Álvares de Azevedo exprime certos traços comuns à sua prosa e ao seu verso, justificando que se possa incluir "Lembrança de morrer" ao lado do *Macário*.

2

Toda leitura de um poeta do passado requer adaptação mais ou menos profunda. Sobretudo em nosso tempo, quando as mudanças são tão rápidas que o novo de ontem é o velho de hoje, e cuja justificativa parece estar no desejo de instabilidade.

Neste volume estão recolhidas obras de um tempo em que era bonito parecer sentimental com deslavado impudor, afetar exaltação e captar por meio de certa estratégia manhosa a piedade simpática do leitor. O que hoje pareceria a própria essência do *kitsch* era então timbre de nobreza literária.

E quanto ao amor, todo-poderoso como assunto, é preciso lembrar que a família era organizada com rigor e as convenções tinham força quase sagrada. Pressupunha-se que as mulheres ficassem longe dos homens até um casamento aprovado pelo grupo. Em consequência, elas se repartiam virtualmente em duas grandes categorias, quase duas naturezas, exacerbando a imaginação carnal dos jovens: de um lado a moça "de boa família", que segundo as normas devia ser casta, indiferente ao desejo, reservada e distante; de outro, a mulher degradada pela pobreza e a condição social desvalida, que servia para as necessidades do sexo (No Brasil, sobretudo a escrava).

Esse estado de coisas dava às inevitáveis transgressões um cunho romanesco e impressionante, quando transpostas à literatura, gerando uma incrível idealização do amor, cuja contrapartida era a visão conspurcada da carne. A imaginação oscilava entre a donzela inacessível e a prostituta sensual, exposta ao desejo e parceira de orgias. Naturalmente a donzela podia ser arrastada para a vida do sexo, e nesse caso adquiria a condição de "profanada"; simetricamente, a prostituta podia ser redimida pelo amor e o sacrifício, definindo-se então como "anjo decaído". Esta dinâmica da pureza e da impureza, condicionada pelos costumes e convicções da época, anima grande parte da obra de Álvares de Azevedo, formando uma perdida província da imaginação, que o leitor de hoje pode recuperar pela leitura compreensiva.

A este leitor não passará despercebida a alta dose de desejo insatisfeito que aparece aqui. Se as moças que despertavam interesse estavam fora de alcance, e as acessíveis ficavam muito aquém do interesse, o texto se carrega de idealização erótica e senso da degradação, como dois comportamentos igualmente inibidores. Não espanta que a poesia de Álvares de Azevedo (em nenhum momento estou pensando na sua vida) seja em nossa literatura uma das manifestações mais vivas do sexo solitário, tomando expressão em sentido amplo, que vai do devaneio estimulado pelo desejo insatisfeito até à procura de satisfação isolada, que o poeta simboliza frequentemente pela posse em sonho. O poema "Ideias íntimas" (p. 41) dá exemplos admiráveis desse erotismo adolescente, que pode ser visto também em poemas como o adorável "A minha esteira" (p. 75).

Igualmente interessante é o tipo de identificação afetiva com a natureza. Como se sabe, os românticos estabeleceram em relação à paisagem um laço mais profundo que o de antes, porque, projetando-se nela, trataram-na como manifestação ou equivalente dos estados de alma. No Brasil, havia a mais o desejo de mostrar a grandeza do país (recentemente desligado da Metrópole) pela grandeza e beleza do seu corpo físico, e isso conduzia a uma espécie de amorosa fusão, vaga e exaltada, como a de um filho que quer se absorver na mãe. Daí as avalanches de pitoresco e de louvor sentimental.

Mas Álvares de Azevedo foi pouco pitoresco, isto é, pouco descritivo e pouco nativista. Nenhum poema, por exemplo, sobre a Serra dos Órgãos, ou a de Paranapiacaba, ou o Rio Tietê; e quando louva o seu berço paulistano em "Na minha terra" (p. 24), ele o faz de maneira alusiva e indeterminada, sem especificação de lugares, opondo o encanto do frio e da neblina à luminosidade tépida das paragens tropicais (leia-se: do Rio de Janeiro). Com isso, transforma a paisagem em correlativo dos movimentos da alma, ou quadro mais adequado para sublinhar a afetividade e os atos, como se vê também em "Crepúsculo nas montanhas" (p. 29). Em ambos, uma espécie de interpenetração estabelece a "harmonia" romântica entre ser e natureza, com a consequente preferência pelas cenas e momentos que correspondem ao teor das emoções. E há também uma familiaridade que faz ver a natureza com ternura contemplativa, ou bom humor de domingo na chácara, ao modo de "A minha esteira".

A névoa, a nuvem, o vapor são frequentes na sua obra e correspondem aos sentimentos, ligando-se a qualificativos que gosta de aplicar tanto à natureza quanto às pessoas: "vaporoso", "orvalhado". E a noite (frequentemente associada ao mar) é preferida por ele como momento em que não apenas o contorno do mundo se esvai, mas as paixões ganham o toque de mistério ou exacerbação, diletos do Romantismo. Boa parte de suas poesias se refere à noite, onde decorrem todas as suas narrativas e ações dramáticas, seja ao relento, seja nos interiores que vão da sordidez dos d'*A noite na taverna* e da pobre estalagem do *Macário*, aos salões luxuosos d'*O livro de Fra Gondicário* e os ambientes de opulenta orgia d'*O Conde Lopo*. Veja-se num pequeno trecho deste nas páginas 110-111 desta coletânea a magia noturna, como quadro de uma ação trágica que vai se desenrolar: a tentativa de suicídio do

Cavaleiro Gastão (o vulto negro que sobe no rochedo). Para esse poeta que gostava tanto de descrever camas e alcovas a noite é ainda a hora em que as moças dormem e ele as contempla ("Quando à noite no leito perfumado", p. 23; "Soneto", p. 33). E também a hora do sonho e do pesadelo, como em *Macário*, "Meu sonho" e na visão macabra do Conde Lopo galopando entre esqueletos, a caminho de um ritual pavoroso (p. 105-108).

Outro traço importante da poesia de Álvares de Azevedo é o gosto pelo prosaísmo e o humor, que formam a vertente para nós mais moderna do Romantismo. Ela estabelece em relação ao sentimentalismo e ao desalento uma oposição que o poeta explora, a fim de que as contradições apareçam no mesmo texto ou em textos diferentes que parecem negar um ao outro. No poema "Lembrança de morrer" (p. 34), por exemplo, fala da própria morte com melancolia plangente, mas em "O poeta moribundo" (p. 59) retoma o assunto na craveira da mais franca piada. A " Invocação" a Byron, no começo da Segunda Parte d'*O Conde Lopo* (p. 97), tem como subtítulo uma indicação dá sua teoria estética: "Variações em todas as cordas". É o que expõe de maneira tão bonita no prefácio à segunda parte da *Lira dos vinte anos* (p. 39), opondo à maceração sentimental e ao idealismo da primeira parte poemas de tipo jocoso, sarcástico e irreverente, às vezes de um realismo admirável. Por ter executado rigorosamente este programa, a sua obra é a mais variada e complexa no quadro da nossa poesia romântica; mas a imagem tradicional de poeta sofredor e desesperado atrapalhou a reconhecer a importância de sua veia humorística.

Essas tendências se reúnem no primeiro episódio do drama *Macário* (p. 115), talvez a sua obra-prima, escrito numa prosa viva e insinuante, num tom desabusado, mas cheio de poesia, que esconde nas dobras a dúvida e o desencanto do "mal do século".

Nele ocorre um traço marcado na obra de Álvares de Azevedo: a divisão do ser – visível nos modos antitéticos mas complementares que formam a "binomia" definida no prefácio à segunda parte da *Lira dos vinte anos*. Ela é patente n'*O Conde Lopo*, com seus dois personagens desesperados e paralelos, atingindo no *Macário* o momento de maior coerência, na dualidade Macário-Satan, que se completa no segundo e mal composto episódio (não transcrito aqui) com o acréscimo de um terceiro figurante,

Penseroso, que encarna o ideal e o angelismo, em face do real e do satanismo, que disputam a alma do protagonista.

Esta coletânea procura mostrar ao leitor de hoje as várias faces desse poeta adolescente (que foi também um poeta da adolescência); sem esquecer a melancolia e o sentimentalismo, realça os aspectos satânicos, realistas e humorísticos que resistiram bem ao passar dos anos, culminando no *Macário*, onde se fundem os seus melhores aspectos. Com isso, tenho a esperança de fazer sentir que esta obra de mocinho-prodígio revela não apenas um mundo de valores já meio remotos, mas traços que superam o tempo e constituem o poder de permanência da literatura.

3

A escrita de Álvares de Azevedo é irregular sob muitos aspectos. São numerosos os seus textos, sobretudo de prosa, que parecem fluxo verboso e pedante de quem está querendo escrever segundo os cacoetes da época, inclusive o amor pelo vocabulário rebuscado, num período longo cheio de intercalações, com abundância de imagens e apostos, sem contar o exibicionismo da erudição pela rama. Nos poemas narrativos, a incontinência chega a parecer perda de controle, com tal sofreguidão de contar, que o sentido se embaralha e o leitor custa a percebê-lo.

Mas quando acerta a mão pode ser muito bom na prosa densa e vibrante, no verso melodioso ou no verso mais seco, sem rimas. Ao contrário de muitos contemporâneos, evitou os excessos de musicalidade, que dão ao verso a monotonia cantante e melosa que empastou boa parte do Romantismo em língua portuguesa. Assim é que compôs raros poemas isorrítmicos (mesmos acentos tônicos em todos os versos) nos metros perigosamente musicais: decassílabo com acentos na 4ª, 8ª e 10ª sílabas (sáfico); novessílabo acentuado na 3ª, 6ª e 9ª; endecassílabo acentuado na 2ª, 5ª, 8ª e 11ª. Mas, nas poucas vezes que utilizou esse modismo romântico (que se tornaria catastrófico na geração seguinte à sua), ele o fez com certeira propriedade, por ser adequado ao tipo de poema que desejava compor. E o que se pode ver nos endecassílabos de "Anjos do mar" (p. 22) e sobretudo em "Meu sonho" (p. 70); neste, a uniformidade do novessílabo é um recurso que permite representar no nível da estrutura o ritmo de ofego do pesadelo descrito.

A sua prosa de corte poético varia bastante. A d'*A noite na taverna* é declamatória e sobrecarregada, com "efeitos" que chegam sem querer à caricatura. Francamente caricato, verdadeiro exemplo de sub-romantismo verbalista, é o fragmento conhecido do romance *O livro de Fra Gondicário*, "Lábios e sangue". Mas no primeiro episódio do *Macário* ela flui nervosa e expressiva, capaz de sugerir os sentimentos dos personagens e representar os lugares com grande força, como é o caso da famosa descrição da cidade de São Paulo, vista de longe à noite, no recorte das colinas, e caracterizada com acidez sarcástica na sua densa poesia (p. 138-144).

A respeito de irregularidade e indisciplina em sua escrita, é preciso, contudo, fazer sempre a ressalva: a sua obra é de publicação póstuma, com base em originais que provavelmente não estavam em redação definitiva, salvo as poesias líricas. O resto foi editado como Deus quis. Os momentos de redação defeituosa podem, portanto, ser devidos à falta de revisão final; mas muitos erros provêm com certeza da má leitura de sua letra, além das gralhas transmitidas de edição a edição.

4

Manuel Antônio Álvares de Azevedo nasceu em 12 de setembro de 1831 na cidade de São Paulo, de pai fluminense, estudante de Direito, e mãe goiana, ambos de gente importante. A partir dos 2 anos viveu com a família no Rio de Janeiro, onde fez estudos primários e secundários, bacharelando-se em Letras no Colégio Pedro II em fins de 1847. De 1844 a 1845 passara seis meses e fizera alguns preparatórios em São Paulo, para onde veio no começo de 1848 matricular-se na Faculdade de Direito. Mas, nas férias de 1851-1852 adoeceu no Rio, onde as passava sempre e, depois de dolorosa operação para extrair um tumor na fossa ilíaca, morreu quando ia cursar o 5º ano, no dia 25 de abril de 1852. Tinha vinte anos e sete meses.

Apesar da pouca idade, era muito culto e, além do francês, sabia bem inglês, o que lhe permitiu ler no original alguns dos grandes inspiradores dos românticos, como Shakespeare e Byron, que a maioria dos seus contemporâneos brasileiros lia em traduções. Além deles, conhecia os clássicos latinos e portugueses, sem falar na paixão por alguns contemporâneos: Victor Hugo, George Sand, Hoffmann, Heine, Musset, Vigny.

A sua personalidade bem marcada pode ser aferida pelo cunho singular de algumas opiniões críticas nos seus ensaios. Num tempo em que a independência política era recente e os esforços convergiam para identificar literatura e espírito nacional, ele tomou posição contrária, achando que a nossa fazia parte da portuguesa. Se considerarmos suas as opiniões do protagonista no segundo episódio do *Macário*, a divergência com o nacionalismo crítico chegava ao ponto de negar validade ao indianismo, que era então a grande moda e o signo da independência cultural. Naquele trecho, ele é apresentado como pitoresco artificial e insincero, o que tem analogias com o ponto de vista de Bernardo Guimarães, amigo e companheiro do poeta.

Essa independência de juízo divergia da nossa crítica daquele tempo, em particular do ponto de vista de dois dos seus professores do Colégio Pedro II, Gonçalves de Magalhães e Santiago Nunes Ribeiro. Mas Álvares de Azevedo a assumiu com discernimento das articulações universais da literatura, que lhe permitiu circular num espaço bem mais rico e perceber coisas que os contemporâneos não viram, como é o caso da sua interpretação romântica de Bocage.

* * *

Nota: Adotei o texto da 8ª edição das Obras completas, organizada por Homero Pires (São Paulo, Companhia Editora Nacional, 1942). Mas além de corrigir alguns evidentes erros tipográficos, acrescentei, no *Macário* (p. 153), a indicação [No cemitério], pois trata-se de cena não marcada, por esquecimento do poeta ou, mais provavelmente, erro de cópia dos editores.

POEMAS

DA PRIMEIRA PARTE DA LIRA DOS VINTE ANOS

NO MAR

> *Les étoiles s'allument au ciel, et la brise du soir erre doucement parmi les fleurs: rêvez, chantez et soupirez.*
> GEORGE SAND

Era de noite – dormias,
Do sonho nas melodias,
Ao fresco da viração;
Embalada na falua,
Ao frio clarão da lua,
Aos ais do meu coração!

Ah! que véu de palidez
Da langue face na tez!
Como teus seios revoltos
Te palpitavam sonhando!
Como eu cismava beijando
Teus negros cabelos soltos!

Sonhavas? – eu não dormia;
A minh'alma se embebia
Em tua alma pensativa!
E tremias, bela amante,
A meus beijos, semelhante
Às folhas da sensitiva!

E que noite! que luar!
E que ardentias no mar!
E que perfumes no vento!
Que vida que se bebia
Na noite que parecia
Suspirar de sentimento!

Minha rola, ó minha flor,
Ó madressilva de amor,
Como eras saudosa então!
Como pálida sorrias
E no meu peito dormias
Aos ais do meu coração!

E que noite! que luar!
Como a brisa a soluçar
Se desmaiava de amor!
Como toda evaporava
Perfumes que respirava
Nas laranjeiras em flor!

Suspiravas? que suspiro!
Ai que ainda me deliro
Sonhando a imagem tua
Ao fresco da viração,
Aos ais do meu coração,
Embalada na falua!

Como virgem que desmaia,
Dormia a onda na praia!
Tua alma de sonhos cheia
Era tão pura, dormente,
Como a vaga transparente
Sobre seu leito de areia!

Era de noite – dormias,
Do sonho nas melodias,
Ao fresco da viração;
Embalada na falua,
Ao frio clarão da lua,
Aos ais do meu coração.

ANJOS DO MAR

As ondas são anjos que dormem no mar,
Que tremem, palpitam, banhados de luz...
São anjos que dormem, a rir e sonhar
E em leito d'escuma revolvem-se nus!

E quando de noite vem pálida a lua
Seus raios incertos tremer, pratear,
E a trança luzente da nuvem flutua,
As ondas são anjos que dormem no mar!

Que dormem, que sonham – e o vento dos céus
Vem tépido à noite nos seios beijar!
São meigos anjinhos, são filhos de Deus,
Que ao fresco se embalam do seio do mar!

E quando nas águas os ventos suspiram,
São puros fervores de ventos e mar:
São beijos que queimam... e as noites deliram,
E os pobres anjinhos estão a chorar!

Ai! quando tu sentes dos mares na flor
Os ventos e vagas gemer, palpitar,
Por que não consentes, num beijo de amor,
Que eu diga-te os sonhos dos anjos do mar?

Dreams! dreams! dreams!
W. Cowper

Quando à noite no leito perfumado
Lânguida fronte no sonhar reclinas,
No vapor da ilusão por que te orvalha
Pranto de amor as pálpebras divinas?

E quando eu te contemplo adormecida
Solto o cabelo no suave leito,
Porque um suspiro tépido ressona
E desmaia suavíssimo em teu peito?

Virgem do meu amor, o beijo a furto
Que pouso em tua face adormecida
Não te lembra no peito os meus amores
E a febre do sonhar de minha vida?

Dorme, ó anjo de amor! no teu silêncio
O meu peito se afoga de ternura
E sinto que o porvir não vale um beijo
E o céu um teu suspiro de ventura!

Um beijo divinal que acende as veias,
Que de encantos os olhos ilumina,
Colhido a medo como flor da noite
Do teu lábio na rosa purpurina,

E um volver de teus olhos transparentes,
Um olhar dessa pálpebra sombria,
Talvez pudessem reviver-me n'alma
As santas ilusões de que eu vivia!

NA MINHA TERRA

> *Laisse-toi donc aimer! – Oh! l'amour, c'est la vie.*
> *C'est tout ce qu'on regrette et tout ce qu'on envie*
> *Quand on voit sa jeunesse au couehant décliner.*
> *..*
> *La beauté c'est le front, l'amour c'est la couronne:*
> *Laisse-toi couronner!*
>
> V. Hugo

I

Amo o vento da noite sussurrante
    A tremer nos pinheiros
E a cantiga do pobre caminhante
    No rancho dos tropeiros;

E os monótonos sons de uma viola
    No tardio verão,
E a estrada que além se desenrola
    No véu da escuridão;

A restinga d'areia onde rebenta
    O oceano a bramir,
Onde a lua na praia macilenta
    Vem pálida luzir;

E a névoa e flores e o doce ar cheiroso
    Do amanhecer na serra,
E o céu azul e o manto nebuloso
    Do céu de minha terra;

E o longo vale de florinhas cheio
    E a névoa que desceu,
Como véu de donzela em branco seio,
    As estrelas do céu.

II

Não é mais bela, não, a argêntea praia
    Que beija o mar do sul,
Onde eterno perfume a flor desmaia
    E o céu é sempre azul;

Onde os serros fantásticos roxeiam
    Nas tardes de verão
E os suspiros nos lábios incendeiam
    E pulsa o coração!

Sonho da vida que doirou e azula
    A fada dos amores,
Onde a mangueira ao vento que tremula
    Sacode as brancas flores,

E é saudoso viver nessa dormência
    Do lânguido sentir,
Nos enganos suaves da existência
    Sentindo-se dormir;

Mais formosa não é: não doire embora
    O verão tropical
Com seus rubores a alvacenta aurora
    Da montanha natal,

Nem tão doirada se levante a lua
    Pela noite do céu,
Mas venha triste, pensativa – e nua
    Do prateado véu –

Que me importa? se as tardes purpurinas
    E as auroras dali
Não deram luz às diáfanas cortinas
    Do leito onde eu nasci?

Se adormeço tranquilo no teu seio
    E perfuma-se a flor,
Que Deus abriu no peito do poeta,
    Gotejante de amor?

Minha terra sombria, és sempre bela,
    Inda pálida a vida
Como o sono inocente da donzela
    No deserto dormida!

No italiano céu nem mais suaves
    São da noite os amores,
Não tem mais fogo o cântico das aves
    Nem o vale mais flores.

III

Quando o gênio da noite vaporosa
    Pela encosta bravia
Na laranjeira em flor toda orvalhosa
    De aroma se inebria,

No luar junto à sombra rescendente
    De um arvoredo em flor,
Que saudades e amor que influe na mente
    Da montanha o frescor!

E quando à noite no luar saudoso
    Minha pálida amante
Ergue seus olhos úmidos de gozo
    E o lábio palpitante...

Cheia de argêntea luz do firmamento
     Orando por seu Deus,
Então... eu curvo a fronte ao sentimento
     Sobre os joelhos seus...

E quando sua voz entre harmonias
     Sufoca-se de amor,
E dobra a fronte bela de magias
     Como pálida flor,

E a alma pura nos seus olhos brilha
     Em desmaiado véu,
Como de um anjo na cheirosa trilha
     Respiro o amor do céu!

Melhor a viração uma por uma
     Vem as folhas tremer,
E a floresta saudosa se perfuma
     Da noite no morrer...

E eu amo as flores e o doce ar mimoso
     Do amanhecer da serra
E o céu azul e o manto nebuloso
     Do céu da minha terra!

CREPÚSCULO NAS MONTANHAS

*Pálida estrela, casto olhar da noite
diamante luminoso na fronte azul do
crepúsculo, o que vês na planície?*
                                   Ossian

I

Além serpeia o dorso pardacento
    Da longa serrania,
Rubro flameia o véu sanguinolento
    Da tarde na agonia.

No cinéreo vapor o céu desbota
    Num azulado incerto;
No ar se afoga desmaiando a nota
    Do sino do deserto.

Vim alentar meu coração saudoso
    No vento das campinas,
Enquanto nesse manto lutuoso
    Pálida te reclinas,

E morre em teu silêncio, ó tarde bela,
    Das folhas o rumor
E late o pardo cão que os passos vela
    Do tardio pastor!

II

Pálida estrela! o canto do crepúsculo
    Acorda-te no céu:
Ergue-te nua na floresta morta
    Do teu doirado véu!

Ergue-te! eu vim por ti e pela tarde
    Pelos campos errar,
Sentir o vento, respirando a vida,
    E livre suspirar.

É mais puro o perfume das montanhas
    Da tarde no cair:
Quando o vento da noite ruge as folhas
    É doce o teu luzir!

Estrela do pastor no véu doirado
    Acorda-te na serra,
Inda mais bela no azulado fogo
    Do céu da minha terra!

III

Estrela d'oiro, no purpúreo leito
Da irmã da noite, branca e peregrina
No firmamento azul derramas dia
    Que as almas ilumina!
Abre o seio de pérola, transpira
Esse raio de luz que a mente inflama!
Esse raio de amor que ungiu meus lábios
    No meu peito derrama

IV

> *Lo bel pianeta che ad amar conforta,*
> *Faceva tutto rider l'oriente*
> DANTE – *PURGATÓRIO*

Estrelinhas azuis do céu vermelho,
Lágrimas d'oiro sobre o véu da tarde,
Que olhar celeste em pálpebra divina
    Vos derramou tremendo?

Quem à tarde, crisólitas ardentes,
Estrelas brancas, vos sagrou saudosas
Da fronte dela na azulada c'roa
    Como auréola viva?

Foram anjos de amor que vagabundos
Com saudades do céu vagam gemendo
E as lágrimas de fogo dos amores
    Sobre as nuvens pranteiam?

Criaturas da sombra e do mistério,
Ou no purpúreo céu doireis a tarde,
Ou pela noite cintileis medrosas,
    Estrelas, eu vos amo!

E quando exausto o coração no peito
Do amor nas ilusões espera e dorme,
Diáfanas vindes lhe doirar na mente
    A sombra da esperança!

Oh! quando o pobre sonhador medita
Do vale fresco no orvalhado leito,
Inveja às águias o perdido voo,
Para banhar-se no perfume etéreo.
E nessa argêntea luz, no mar de amores
Onde entre sonhos e luar divino
A mão eterna vos lançou no espaço
    Respirar e viver!

SONETO

Pálida, à luz da lâmpada sombria,
Sobre o leito de flores reclinada,
Como a lua por noite embalsamada,
Entre as nuvens do amor ela dormia!

Era a virgem do mar! na escuma fria
Pela maré das águas embalada!
Era um anjo entre nuvens d'alvorada
Que em sonhos se banhava e se esquecia!

Era mais bela! O seio palpitando...
Negros olhos as pálpebras abrindo...
Formas nuas no leito resvalando...

Não te rias de mim, meu anjo lindo!
Por ti – as noites eu velei chorando,
Por ti – nos sonhos morrerei sorrindo!

LEMBRANÇA DE MORRER

No more! o never more!
SHELLEY

Quando em meu peito rebentar-se a fibra,
Que o espírito enlaça à dor vivente,
Não derramem por mim nem uma lágrima
    Em pálpebra demente.

E nem desfolhem na matéria impura
A flor do vale que adormece ao vento:
Não quero que uma nota de alegria
Se cale por meu triste passamento.

Eu deixo a vida como deixa o tédio
Do deserto o poento caminheiro
— Como as horas de um longo pesadelo
Que se desfaz ao dobre de um sineiro;

Como o desterro de minh'alma errante,
Onde fogo insensato a consumia:
Só levo uma saudade — é desses tempos
Que amorosa ilusão embelecia.

Só levo uma saudade – é dessas sombras
Que eu sentia velar nas noites minhas...
De ti, ó minha mãe! pobre coitada
Que por minha tristeza te definhas!

De meu pai... de meus únicos amigos,
Poucos, – bem poucos – e que não zombavam
Quando, em noites de febre endoidecido,
Minhas pálidas crenças duvidavam.

Se uma lágrima as pálpebras me inunda,
Se um suspiro nos seios treme ainda,
É pela virgem que sonhei... que nunca
Aos lábios me encostou a face linda!

Só tu à mocidade sonhadora
Do pálido poeta deste flores...
Se viveu foi por ti! e de esperança
De na vida gozar de teus amores.

Beijarei a verdade santa e nua,
Verei cristalizar-se o sonho amigo...
Ó minha virgem dos errantes sonhos,
Filha do céu, eu vou amar contigo!

Descansem o meu leito solitário
Na floresta dos homens esquecida,
À sombra de uma cruz, e escrevam nela:
— Foi poeta — sonhou — e amou na vida. —

Sombras do vale, noites da montanha,
Que minh'alma cantou e amava tanto,
Protegei o meu corpo abandonado,
E no silêncio derramai-lhe canto!

Mas quando preludia a ave d'aurora
E quando à meia noite o céu repousa,
Arvoredos do bosque, abri os ramos...
Deixai a lua prantear-me a lousa!

DA
SEGUNDA PARTE
DA
LIRA DOS VINTE
ANOS

PREFÁCIO

Cuidado, leitor, ao voltar esta página!

Aqui dissipa-se o mundo visionário e platônico. Vamos entrar num mundo novo, terra fantástica, verdadeira ilha Baratária de D. Quixote, onde Sancho é rei; e vivem Panúrgio, sir John Falstaff, Bardolph, Figaro e o Sganarello de D. João Tenório: – a pátria dos sonhos de Cervantes e Shakespeare.

Quase que depois de Ariel esbarramos em Caliban.

A razão é simples. É que a unidade deste livro funda-se numa binomia. Duas almas que moram nas cavernas de um cérebro pouco mais ou menos de poeta escreveram este livro, verdadeira medalha de duas faces.

Demais, perdoem-me os poetas do tempo, isto aqui é um tema, senão mais novo, menos esgotado ao menos que o sentimentalismo tão **fashionable** desde Werther e René.

Por um espírito de contradição, quando os homens se veem inundados de páginas amorosas, preferem um conto de Boccaccio, uma caricatura de Rabelais, uma cena de Falstaff no Henrique IV de Shakespeare, um provérbio fantástico daquele **polisson** Alfredo de Musset, a todas as ternuras elegíacas dessa poesia de arremedo que anda na moda e reduz as moedas de oiro sem liga dos grandes poetas ao troco de cobre, divisível até ao extremo, dos liliputianos poetastros. Antes da Quaresma há o Carnaval.

Há uma crise nos séculos como nos homens. É quando a poesia cegou deslumbrada de fitar-se no misticismo e caiu do céu sentindo exaustas as suas asas de oiro.

O poeta acorda na terra. Demais, o poeta é homem, **Homo sum**, como dizia o célebre Romano. Vê, ouve, sente e, o que é mais, sonha de noite as belas visões palpáveis de acordado. Tem nervos, tem fibra e tem artérias – isto é, antes e depois de ser um ente idealista, é um ente que tem corpo. E, digam o que quiserem, sem esses elementos, que sou o primeiro a reconhecer muito prosaicos, não há poesia.

O que acontece? Na exaustão causada pelo sentimentalismo, a alma ainda trêmula e ressoante da febre do sangue, a alma que ama e canta, porque sua vida é amor e canto, o que pode senão fazer o poema dos amores da vida real? Poema talvez novo, mas que encerra em si muita verdade e muita natureza, e que sem ser obsceno pode ser erótico sem ser monótono. Digam e creiam o que quiserem: – todo o vaporoso da visão abstrata não interessa tanto como a realidade formosa da bela mulher a quem amamos.

O poema então começa pelos últimos crepúsculos do misticismo, brilhando sobre a vida como a tarde sobre a terra. A poesia puríssima banha com seu reflexo ideal a beleza sensível e nua.

Depois a doença da vida, que não dá ao mundo objetivo cores tão azuladas como o nome britânico de **blue devils**, descarna e injeta de fel cada vez mais o coração. Nos mesmos lábios onde suspirava a monodia amorosa, vem a sátira que morde.

É assim. Depois dos poemas épicos, Homero escreveu o poema irônico. Goethe, depois de **Werther**, criou o **Faust**. Depois de **Parisina** e o **Giaour** de Byron, vem o **Cain** e **Don Juan** – **Don Juan** que começa como **Cain** pelo amor, e acaba como ele pela descrença venenosa e sarcástica.

Agora basta.

Ficarás tão adiantado agora, meu leitor, como se não lesses essas páginas destinadas a não ser lidas. Deus me perdoe! assim é tudo! até os prefácios!

IDEIAS ÍNTIMAS

Fragmento

> *La chaise où je m'assieds, la natte où je me couche,*
> *La table où je t'écris, ...*
> *..*
> *Mes gros souliers ferrés, mon bâton, mon chapeau,*
> *Mes livres pêle-mêle entassés sur leur planche,*
> *..*
> *De cet espace étroit sont tout l'ameublement.*
>
> LAMARTINE – *JOCELYN*

I

Ossian o bardo é triste como a sombra
Que seus cantos povoa. O Lamartine
É monótono e belo como a noite,
Como a lua no mar e o som das ondas...
Mas pranteia uma eterna monodia,
Tem na lira do gênio uma só corda,
Fibra de amor e Deus que um sopro agita:
Se desmaia de amor a Deus se volta,
Se pranteia por Deus de amor suspira.
Basta de Shakespeare. Vem tu agora,
Fantástico alemão, poeta ardente
Que ilumina o clarão das gotas pálidas
Do nobre Johannisberg! Nos teus romances
Meu coração deleita-se... Contudo,
Parece-me que vou perdendo o gosto,

Vou ficando **blasé**, passeio os dias
Pelo meu corredor, sem companheiro,
Sem ler nem poetar. Vivo fumando.
Minha casa não tem menores névoas
Que as deste céu d'inverno... Solitário
Passo as noites aqui e os dias longos;
Dei-me agora ao charuto em corpo e alma;
Debalde ali de um canto um beijo implora,
Como a beleza que o Sultão despreza,
Meu cachimbo alemão abandonado!
Não passeio a cavalo e não namoro;
Odeio o **lansquenet**... Palavra d'honra!
Se assim me continuam por dois meses
Os diabos azuis nos froixos membros,
Dou na Praia Vermelha ou no Parnaso.

II

Enchi o meu salão de mil figuras.
Aqui voa um cavalo no galope,
Um roxo **dominó** as costas volta
A um cavaleiro de alemães bigodes,
Um preto beberrão sobre uma pipa,
Aos grossos beiços a garrafa aperta...
Ao longo das paredes se derramam
Extintas inscrições de versos mortos,
E mortos ao nascer... Ali na alcova

Em águas negras se levanta a ilha
Romântica, sombria à flor das ondas
De um rio que se perde na floresta...
Um sonho de mancebo e de poeta,
El-Dorado de amor que a mente cria
Como um Éden de noites deleitosas...
Era ali que eu podia no silêncio
Junto de um anjo... Além o romantismo!
Borra adiante folgaz caricatura
Com tinta de escrever e pó vermelho
A gorda face, o volumoso abdômen,
E a grossa penca do nariz purpúreo
Do alegre vendilhão entre botelhas
Metido num tonel... Na minha cômoda
Meio encetado o copo inda verbera
As águas d'oiro do **Cognac** fogoso.
Negreja ao pé narcótica botelha
Que da essência de flores de laranja
Guarda o licor que nectariza os nervos.
Ali mistura-se o charuto havano
Ao mesquinho cigarro e ao meu cachimbo.
A mesa escura cambaleia ao peso
Do titâneo **Digesto**, e ao lado dele
Childe-Harold entreaberto ou Lamartine
Mostra que o romanismo se descuida
E que a poesia sobrenada sempre
Ao pesadelo clássico do estudo.

III

Reina a desordem pela sala antiga,
Desce a teia de aranha as bambinelas
À estante pulverulenta. À roupa, os livros
Sobre as cadeiras poucas se confundem.
Marca a folha do **Faust** um colarinho
E Alfredo de Musset encobre às vezes
De Guerreiro ou Velasco um texto obscuro.
Como outrora do mundo os elementos
Pela treva jogando cambalhotas,
Meu quarto, mundo em caos, espera um **Fiat!**

IV

N a minha sala três retratos pendem.
Ali Victor Hugo. Na larga fronte
Erguidos luzem os cabelos louros
Como c'roa soberba. Homem sublime,
O poeta de Deus e amores puros
Que sonhou Triboulet, Marion Delorme
E Esmeralda – a Cigana... E diz a crônica
Que foi aos tribunais parar um dia
Por amar as mulheres dos amigos
E adúlteros fazer **romances vivos**.

V

Aquele é Lamennais – o bardo santo,
Cabeça de profeta, ungido crente,
Alma de fogo na mundana argila
Que as harpas de Sion vibrou na sombra,
Pela noite do século chamando
A Deus e à liberdade as loucas turbas.
Por ele a George Sand morreu de amores,
E dizem que... Defronte, aquele moço
Pálido, pensativo, a fronte erguida,
Olhar de Bonaparte em face Austríaca,
Foi do homem secular as esperanças.
No berço imperial um céu de Agosto
Nos cantos de triunfo despertou-o...
As águias de Wagram e de Marengo
Abriam flamejando as longas asas
Impregnadas do fumo dos combates,
Na púrpura dos Césares, guardando-o.
E o gênio do futuro parecia
Predestiná-lo à glória. A história dele?...
Resta um crâneo nas urnas do estrangeiro...
Um loureiro sem flores nem sementes...
E um passado de lágrimas... A terra
Tremeu ao sepultar-se o Rei de Roma.
Pode o mundo chorar sua agonia
E os louros de seu pai na fronte dele

Infecundos depor... Estrela morta,
Só pode o menestrel sagrar-te prantos!

VI

Junto a meu leito, com as mãos unidas,
Olhos fitos no céu, cabelos soltos,
Pálida sombra de mulher formosa
Entre nuvens azuis pranteia orando
É um retrato talvez. Naquele seio
Porventura sonhei doiradas noites:
Talvez sonhando desatei sorrindo
Alguma vez nos ombros perfumados
Esses cabelos negros, e em delíquio
Nos lábios dela suspirei tremendo.
Foi-se a minha visão. E resta agora
Aquela vaga sombra na parede
– Fantasma de carvão e pó cerúleo,
Tão vaga, tão extinta e fumarenta
Como de um sonho o recordar incerto.

VII

Em frente do meu leito, em negro quadro,
A minha amante dorme. É uma estampa
De bela adormecida. A rósea face
Parece em visos de um amor lascivo
De fogos vagabundos acender-se...

E com a nívea mão recata o seio...
Oh! quantas vezes, ideal mimoso,
Não encheste minh'alma de ventura,
Quando louco, sedento e arquejante,
Meus tristes lábios imprimi ardentes
No poento vidro que te guarda o sono!

VIII

O pobre leito meu desfeito ainda
A febre aponta da noturna insônia.
Aqui lânguido a noite debati-me
Em vãos delírios anelando um beijo...
E a donzela ideal nos róseos lábios,
No doce berço do moreno seio
Minha vida embalou estremecendo...
Foram sonhos contudo. A minha vida
Se esgota em ilusões. E quando a fada
Que diviniza meu pensar ardente
Um instante em seus braços me descansa
E roça a medo em meus ardentes lábios
Um beijo que de amor me turva os olhos,
Me ateia o sangue, me enlanguece a fronte,
Um espírito negro me desperta,
O encanto do meu sonho se evapora
E das nuvens de nácar da ventura
Rolo tremendo à solidão da vida!

IX

Oh! ter vinte anos sem gozar de leve
A ventura de uma alma de donzela!
E sem na vida ter sentido nunca
Na suave atração de um róseo corpo
Meus olhos turvos se fechar de gozo!
Oh! nos meus sonhos, pelas noites minhas
Passam tantas visões sobre meu peito!
Palor de febre meu semblante cobre,
Bate meu coração com tanto fogo!
Um doce nome os lábios meus suspiram,
Um nome de mulher... e vejo lânguida
No véu suave de amorosas sombras
Seminua, abatida, a mão no seio,
Perfumada visão romper a nuvem,
Sentar-se junto a mim, nas minhas pálpebras
O alento fresco e leve como a vida
Passar delicioso... Que delírios!
Acordo palpitante... inda a procuro;
Embalde a chamo, embalde as minhas lágrimas
Banham meus olhos, e suspiro e gemo...
Imploro uma ilusão... tudo é silêncio!
Só o leito deserto, a sala muda!
Amorosa visão, mulher dos sonhos,
Eu sou tão infeliz, eu sofro tanto!
Nunca virás iluminar meu peito
Com um raio de luz desses teus olhos?

X

Meu pobre leito! eu amo-te contudo!

Aqui levei sonhando noites belas;
As longas horas olvidei libando
Ardentes gotas de licor doirado,
Esqueci-as no fumo, na leitura
Das páginas lascivas do romance...

Meu leito juvenil, da minha vida
És página d'oiro. Em teu asilo
Eu sonho-me poeta, e sou ditoso,
E a mente errante devaneia em mundos
Que esmalta a fantasia! Oh! quantas vezes
Do levante no sol entre odaliscas
Momentos não passei que valem vidas!
Quanta música ouvi que me encantava!
Quantas virgens amei! que Margaridas,
Que Elviras saudosas e Clarissas,
Mais trêmulo que Faust, eu não beijava,
Mais feliz que Don Juan e Lovelace
Não apertei ao peito desmaiando!
Ó meus sonhos de amor e mocidade,
Por que ser tão formosos, se devíeis
Me abandonar tão cedo... e eu acordava
Arquejando a beijar meu travesseiro?

XI

Junto do leito meus poetas dormem
– O Dante, a **Bíblia**, Shakespeare e Byron –
Na mesa confundidos. Junto deles
Meu velho candieiro se espreguiça
E parece pedir a formatura.
Ó meu amigo, ó velador noturno,
Tu não me abandonaste nas vigílias,
Quer eu perdesse a noite sobre os livros,
Quer, sentado no leito, pensativo
Relesse as minhas cartas de namoro!
Quero-te muito bem, ó meu comparsa
Nas doidas cenas de meu drama obscuro!
E num dia de **spleen**, vindo a pachorra,
Hei de evocar-te dum poema heroico
Na rima de Camões e de Ariosto,
Como padrão às lâmpadas futuras!
....

XII

Aqui sobre esta mesa junto ao leito
Em caixa negra dois retratos guardo.
Não os profanem indiscretas vistas,
Eu beijo-os cada noite: neste exílio
Venero-os juntos e os prefiro unidos
– Meu pai e minha mãe. – Se acaso um dia

Na minha solidão me acharem morto,
Não os abra ninguém. Sobre meu peito
Lancem-os em meu túmulo. Mais doce
Será certo o dormir da noite negra
Tendo no peito essas imagens puras.

XIII

Havia uma outra imagem que eu sonhava
No meu peito na vida e no sepulcro.
Mas ela não o quis... rompeu a tela
Onde eu pintara meus doirados sonhos.
Se posso no viver sonhar com ela,
Essa trança beijar de seus cabelos
E essas violetas inodoras, murchas,
Nos lábios frios comprimir chorando,
Não poderei na sepultura, ao menos,
Sua imagem divina ter no peito.

XIV

Parece que chorei... Sinto na face
Uma perdida lágrima rolando...
Satan leve a tristeza! Olá, meu pajem,
Derrama no meu copo as gotas últimas
Dessa garrafa negra...

                Eia! bebamos!

És o sangue do gênio, o puro néctar
Que as almas de poeta diviniza,
O condão que abre o mundo das magias
Vem, fogoso **Cognac**! É só contigo
Que sinto-me viver. Inda palpito,
Quando os eflúvios dessas gotas áureas
Filtram no sangue meu correndo a vida,
Vibram-me os nervos e as artérias queimam,
Os meus olhos ardentes se escurecem
E no cérebro passam delirosos
Assomos de poesia... Dentre a sombra
Vejo num leito d'oiro a imagem dela
Palpitante, que dorme e que suspira,
Que seus braços me estende...

     Eu me esquecia:

Faz-se noite; traz fogo e dois charutos
E na mesa do estudo acende a lâmpada...

SPLEEN E CHARUTOS

I
SOLIDÃO

Nas nuvens cor de cinza do horizonte
A lua amarelada a face embuça;
Parece que tem frio, e no seu leito
Deitou, para dormir, a carapuça.

Ergueu-se, vem da noite a vabagunda
Sem xale, sem camisa e sem mantilha,
Vem nua e bela procurar amantes;
É doida por amor da noite a filha.

As nuvens são uns frades de joelhos,
Rezam adormecendo no oratório;
Todos têm o capuz e bons narizes
E parecem sonhar o refeitório.

As árvores prateiam-se na praia,
Qual de uma fada os mágicos retiros...
Ó lua, as doces brisas que sussurram
Coam dos lábios teus como suspiros!

Falando ao coração que nota aérea
Deste céu, destas águas se desata?
Canta assim algum gênio adormecido
Das ondas mortas no lençol de prata?

Minh'alma tenebrosa se entristece,
É muda como sala mortuária...
Deito-me só e triste, sem ter fome
Vejo na mesa a ceia solitária.

Ó lua, ó lua bela dos amores,
Se tu és moça e tens um peito amigo,
Não me deixes assim dormir solteiro,
À meia-noite vem cear comigo!

II
MEU ANJO

Meu anjo tem o encanto, a maravilha
Da espontânea canção dos passarinhos;
Tem os seios tão alvos, tão macios
Como o pelo sedoso dos arminhos.

Triste de noite na janela a vejo
E de seus lábios o gemido escuto.
É leve a criatura vaporosa
Como a froixa fumaça de um charuto.

Parece até que sobre a fronte angélica
Um anjo lhe depôs coroa e nimbo...
Formosa a vejo assim entre meus sonhos
Mais bela no vapor do meu cachimbo.

Como o vinho espanhol, um beijo dela
Entorna ao sangue a luz do paraíso.
Dá morte num desdém, num beijo vida,
E celestes desmaios num sorriso!

Mas quis a minha sina que seu peito
Não batesse por mim nem um minuto,
E que ela fosse leviana e bela
Como a leve fumaça de um charuto!

III
VAGABUNDO

> *Eat, drink, and love; what can the rest avail us?*
> Byron – *Don Juan*

Eu durmo e vivo ao sol como um cigano,
Fumando meu cigarro vaporoso;
Nas noites de verão namoro estrelas;
Sou pobre, sou mendigo e sou ditoso!

Ando roto, sem bolsos nem dinheiro;
Mas tenho na viola uma riqueza:
Canto à lua de noite serenatas,
E quem vive de amor não tem pobreza.

Não invejo ninguém, nem ouço a raiva
Nas cavernas do peito, sufocante,
Quando à noite na treva em mim se entornam
Os reflexos do baile fascinante.

Namoro e sou feliz nos meus amores;
Sou garboso e rapaz... Uma criada
Abrasada de amor por um soneto
Já um beijo me deu subindo a escada...

Oito dias lá vão que ando cismado
Na donzela que ali defronte mora.
Ela ao ver-me sorri tão docemente!
Desconfio que a moça me namora!...

Tenho por meu palácio as longas ruas;
Passeio a gosto e durmo sem temores;
Quando bebo, sou rei como um poeta,
E o vinho faz sonhar com os amores.

O degrau das igrejas é meu trono,
Minha pátria é o vento que respiro,
Minha mãe é a lua macilenta,
E a preguiça a mulher por quem suspiro.

Escrevo na parede as minhas rimas,
De painéis a carvão adorno a rua;
Como as aves do céu e as flores puras
Abro meu peito ao sol e durmo à lua.

Sinto-me um coração de **lazzaroni**;
Sou filho do calor, odeio o frio,
Não creio no diabo nem nos santos...
Rezo a Nossa Senhora e sou vadio!

Ora, se por aí alguma bela
Bem doirada e amante da preguiça
Quiser a nívea mão unir à minha,
Há de achar-me na Sé, domingo, à missa.

IV
A LAGARTIXA

A lagartixa ao sol ardente vive
E fazendo verão o corpo espicha:
O clarão de teus olhos me dá vida,
Tu és o sol e eu sou a lagartixa.

Amo-te como o vinho e como o sono,
Tu és meu copo e amoroso leito...
Mas teu néctar de amor jamais se esgota,
Travesseiro não há como teu peito.

Posso agora viver: para coroas
Não preciso no prado colher flores;
Engrinaldo melhor a minha fronte
Nas rosas mais gentis de teus amores.

Vale todo um harém a minha bela,
Em fazer-me ditoso ela capricha...
Vivo ao sol de seus olhos namorados,
Como ao sol de verão a lagartixa.

V
LUAR DE VERÃO

O que vês, trovador? – Eu vejo a lua
Que sem lavor a face ali passeia;
No azul do firmamento inda é mais pálida
Que em cinzas do fogão uma candeia.

O que vês, trovador? – No esguio tronco
Vejo erguer-se o chinó de uma nogueira...
Além se entorna a luz sobre um rochedo
Tão liso como um pau de cabeleira.

Nas praias lisas a maré enchente
S'espraia cintilante d'ardentia...
Em vez de aromas as doiradas ondas
Respiram efluviosa maresia!

O que vês, trovador? – No céu formoso
Ao sopro dos favônios feiticeiros
Eu vejo – e tremo de paixão ao vê-las –
As nuvens a dormir, como carneiros.

E vejo além, na sombra do horizonte,
Como viúva moça envolta em luto,
Brilhando em nuvem negra estrela viva
Como na treva a ponta de um charuto.

Teu romantismo bebo, ó minha lua,
A teus raios divinos me abandono,
Torno-me vaporoso... e só de ver-te
Eu sinto os lábios meus se abrir de sono.

VI
O POETA MORIBUNDO

Poetas! amanhã ao meu cadáver
Minha tripa cortai mais sonorosa!...
Façam dela uma corda e cantem nela
Os amores da vida esperançosa!

Cantem esse verão que me alentava...
O aroma dos currais, o bezerrinho,
As aves que na sombra suspiravam,
E os sapos que cantavam no caminho!

Coração, por que tremes? Se esta lira
Nas minhas mãos sem força desafina,
Enquanto ao cemitério não te levam,
Casa no marimbau a alma divina!

Eu morro qual nas mãos da cozinheira
O marreco piando na agonia...
Como o cisne de outrora... que gemendo
Entre os hinos de amor se enternecia.

Coração, por que tremes? Vejo a morte,
Ali vem lazarenta e desdentada...
Que noiva!... E devo então dormir com ela?...
Se ela ao menos dormisse mascarada!

Que ruínas! que amor petrificado!
Tão antidiluviano e gigantesco!
Ora, façam ideia que ternuras
Terá esta lagarta posta ao fresco!

Antes mil vezes que dormir com ela,
Que dessa fúria o gozo, amor eterno...
Se ali não há também amor de velha,
Deem-me as caldeiras do terceiro inferno!

No inferno estão suavíssimas belezas,
Cleópatras, Helenas, Eleonoras;
Lá se namora em boa companhia,
Não pode haver inferno com Senhoras!

Se é verdade que os homens gozadores,
Amigos de no vinho ter consolos,
Foram com Satanás fazer colônia,
Antes lá que do Céu sofrer os tolos!

Ora! e forcem um'alma qual a minha,
Que no altar sacrifica ao Deus-Preguiça,
A cantar ladainha eternamente
E por mil anos ajudar a Missa!

NAMORO A CAVALO

Eu moro em Catumbi. Mas a desgraça
Que rege minha vida malfadada,
Pôs lá no fim da rua do Catete
A minha Dulcineia namorada.

Alugo (três mil-réis) por uma tarde
Um cavalo de trote (que esparrela!)
Só para erguer meus olhos suspirando
A minha namorada na janela...

Todo o meu ordenado vai-se em flores
E em lindas folhas de papel bordado,
Onde eu escrevo trêmulo, amoroso,
Algum verso bonito... mas furtado.

Morro pela menina, junto dela
Nem ouso suspirar de acanhamento...
Se ela quisesse eu acabava a história
Como toda a Comédia – em casamento...

Ontem tinha chovido... Que desgraça!
Eu ia a trote inglês ardendo em chama,
Mas lá vai senão quando uma carroça
Minhas roupas tafuis encheu de lama...

Eu não desanimei. Se Dom Quixote
No Rossinante erguendo a larga espada
Nunca voltou de medo, eu, mais valente,
Fui mesmo sujo ver a namorada...

Mas eis que no passar pelo sobrado,
Onde habita nas lojas minha bela,
Por ver-me tão lodoso ela irritada
Bateu-me sobre as ventas a janela...

O cavalo ignorante de namoros
Entre dentes tomou a bofetada,
Arrepia-se, pula, e dá-me um tombo
Com pernas para o ar, sobre a calçada...

Dei ao diabo os namoros. Escovado
Meu chapéu que sofrera no pagode,
Dei de pernas corrido e cabisbaixo
E berrando de raiva como um bode.

Circunstância agravante. A calça inglesa
Rasgou-se no cair de meio a meio,
O sangue pelas ventas me corria
Em paga do amoroso devaneio!...

DINHEIRO

> *Oh! argent! Avec toi on est beau,*
> *jeune, adoré; on a considérations, honneurs,*
> *qualités, vertus. Quand on n'a point*
> *d'argent, on est dans la dépendance de*
> *toutes choses et de tout le monde.*
> CHATEAUBRIAND

Sem ele não há cova – quem enterra
Assim grátis, a **Deo**? O batizado
Também custa dinheiro. Quem namora
Sem pagar as pratinhas ao Mercúrio?
Demais, as Danaes também o adoram,
Quem imprime seus versos, quem passeia,
Quem sobe a Deputado, até Ministro,
Quem é mesmo Eleitor, embora sábio,
Embora gênio, talentosa fronte,
Alma Romana, se não tem dinheiro?
Fora a canalha de vazios bolsos!
O mundo é para todos... Certamente
Assim o disse Deus – mas esse texto
Explica-se melhor e doutro modo.
Houve um erro de imprensa no Evangelho:
O mundo é um festim, concordo nisso,
Mas não entra ninguém sem ter as louras.

MINHA DESGRAÇA

Minha desgraça, não, não é ser poeta,
Nem na terra de amor não ter um eco,
E meu anjo de Deus, o meu planeta,
Tratar-me como trata-se um boneco...

Não é andar de cotovelos rotos,
Ter duro como pedra o travesseiro...
Eu sei... O mundo é um lodaçal perdido
Cujo sol (quem m'o dera!) é o dinheiro...

Minha desgraça, ó cândida donzela,
O que faz que o meu peito assim blasfema,
É ter para escrever todo um poema
E não ter um vintém para uma vela.

DA
TERCEIRA PARTE
DA
LIRA DOS VINTE
ANOS

POR QUE MENTIAS?

Por que mentias leviana e bela?
Se minha face pálida sentias
Queimada pela febre, e se minha vida
Tu vias desmaiar, por que mentias?

Acordei da ilusão, a sós morrendo
Sinto na mocidade as agonias.
Por tua causa desespero e morro...
Leviana sem dó, por que mentias?

Sabe Deus se te amei! sabem as noites
Essa dor que alentei, que tu nutrias!
Sabe esse pobre coração que treme
Que a esperança perdeu porque mentias!

Vê minha palidez – a febre lenta
Esse fogo das pálpebras sombrias...
Pousa a mão no meu peito! Eu morro! eu morro!
Leviana sem dó, por que mentias?

MEU SONHO

EU

Cavaleiro das armas escuras,
Onde vais pelas trevas impuras
Com a espada sanguenta na mão?
Por que brilham teus olhos ardentes
E gemidos nos lábios frementes
Vertem fogo do teu coração?

Cavaleiro, quem és? o remorso?
Do corcel te debruças no dorso...
E galopas do vale através...
Oh! da estrada acordando as poeiras
Não escutas gritar as caveiras
E morder-te o fantasma nos pés?

Onde vais pelas trevas impuras,
Cavaleiro das armas escuras,
Macilento qual morto na tumba?...
Tu escutas... Na longa montanha
Um tropel teu galope acompanha?
E um clamor de vingança retumba?

Cavaleiro, quem és? – que mistério,
Quem te força da morte no império
Pela noite assombrada a vagar?

O FANTASMA

Sou o sonho de tua esperança,
Tua febre que nunca descansa,
O delírio que te há de matar!...

DE
POESIAS DIVERSAS

A MINHA ESTEIRA

Aqui no vale respirando à sombra
Passo cantando a mocidade inteira...
Escuto no arvoredo os passarinhos
E durmo venturoso em minha esteira.

Respiro o vento, e vivo de perfumes
No murmúrio das folhas da mangueira;
Nas noites de luar aqui descanso
E a lua enche de amor a minha esteira.

Aqui mais bela junto a mim se deita
Cantando a minha amante feiticeira;
Sou feliz como as ternas andorinhas
E meu leito de amor é minha esteira!

Nem o árabe Califa, adormecendo
Nos braços voluptuosos da estrangeira,
Foi no amor da Sultana mais ditoso
Que o poeta que sonha em sua esteira!

Aqui no vale respirando à sombra
Passo cantando a mocidade inteira;
Vivo de amores; morrerei sonhando
Estendido ao luar na minha esteira!

SE EU MORRESSE AMANHÃ!

Se eu morresse amanhã, viria ao menos
Fechar meus olhos minha triste irmã;
Minha mãe de saudades morreria
    Se eu morresse amanhã!

Quanta glória pressinto em meu futuro!
Que aurora de porvir e que manhã!
Eu perdera chorando essas coroas
    Se eu morresse amanhã!

Que sol! que céu azul! que doce n'alva
Acorda a natureza mais louçã!
Não me batera tanto amor no peito
    Se eu morresse amanhã!

Mas essa dor da vida que devora
A ânsia de glória, o dolorido afã...
A dor no peito emudecera ao menos
    Se eu morresse amanhã!

DE
O POEMA DO FRADE

CANTO PRIMEIRO

> *Man being reasonable must get drunk*
> *The best of life is intoxication...*
> DON JUAN

I

Eia! acorde-se a glória aos meus lamentos
Com as faces de sangue salpicadas!
Tremam nos cantos meus da lide aos ventos
As gotejantes lúcidas espadas!
Revolvam-se raivando macilentos
Os cavaleiros das nações passadas!
Brilhem as multidões ao sol ardente
Com as nuvens doiradas do poente!

II

Nessas lívidas mãos rompa-se a lira!
Além canções cheirosas como o nardo
Que nos festins da noite o vinho inspira!
Não vedes que da guerra aos sonhos ardo?
Não vedes que meu cérebro delira
E arqueja em fogo o coração do bardo,
E como um rei trocara o meu laurel,
Meu reino – por um ferro e um corcel?

III

Como das grutas de Fingal na bruma
Do norte a ventania se derrama;
Como roda o tufão no mar que espuma,
Como a cratera do vulcão se inflama,
Como a nuvem de fogo no ar se apruma,
Assim no peito meu o estro em chama
Agita-me, afogueia o peito langue
E como as águias, só anela sangue!

IV

Mas em que mar cavado eu me perdia!
De errante pescador leve canoa,
Que rajada nas águas te impelia
Por entre essa tormenta que reboa?
Minh'alma é um balão: na calmaria
Boia plácida no ar, gentil se escoa,
Embala-se voando molemente
Mas teme a trovoada que o rebente!

V

Olá, sofreia-te, corcel selvagem!
Por que banhas-te em sangue entre a peleja?
E nos espinhos roças da folhagem?
Não vês o tressuar que te poreja

No abafado calor dessa bafagem?
Não sentes que a peituga te lateja?
E a onda louca da sanguenta raiva
As tuas clinas cândidas enlaiva?

VI

Além! além! e tu, lira mimosa,
– Que do lago nas selvas esquecida
Eu votei a uma fada vaporosa
Que nas folhas estende-se dormida,
Vem, minha lira, canta-me saudosa
Alguma nênia pálida, sentida,
Algum sonho que as folhas baloiçando
Te gemessem nas cordas expirando!

VII

Ou enquanto meu cálice transborda
Coralino licor, e um puro Havana
Sonhos da vida no valor me acorda,
Venha o rosto gentil da Sevilhana,
Ou d'harpa aérea tenteando a corda...
Ao luar a lasciva Italiana
Co'as roupas de veludo desatadas
E a madeixa em torrentes perfumadas.

VIII

Quero a orgia que à noite desvaria,
Quando fresco o luar no céu flutua
E a vaga se prateia de ardentia!
Perfumes, flores, a vertigem sua
Vertendo no festim que me inebria!
Lasciva dança voluptuosa e nua
Nas rosas que desfolho trepidando!
Pajens louros as taças coroando!...

IX

E as roupas onde o seio transparece,
As formas cristalinas desenhando,
Colos onde o suor límpido desce
Nos seios como pérolas rolando,
E as trêmulas madeixas ondeando,
E a valsa que se agita e que resvala
E entre perfumes lúbricos se embala.

X

Trovas cheias de amor, que afogam beijos,
E o afã a ondular os níveos seios,
O colar que na alvura se paleja;
E o olhar que enlanguece nos enleios;
Vestes soltas ao fogo dos desejos

E respirando os lábios devaneios;
Amantes e o Xerez em taças belas
E a embriaguez mais louca em meio delas!...

XI

E após ébrio de amor no froixo leito,
Entre os aromas de esfolhadas flores,
Quero dormir co'a loura peito a peito,
No lábio o lábio dela, – as vivas cores
Quero-as ver desmaiar num ai desfeito,
Amá-la ao luar, viver de amores!
Ó noite! da ilusão que a vida esquece
Que mais doce tremor nos enlanguesce?

XII

Amo nas tardes de verão correndo
A viração dos laranjais em flor,
Na praia solitária, a sós gemendo,
A pensativa lânguida o palor
Entre as mãos melindrosas escondendo!
Amo no baile a incendida cor
Da donzela na dança estremecida
Como uma borboleta à luz da vida!

XIII

Mas eu amo inda mais sentir no seio
A alma cheia de febre e de esperança,
E a tímida donzela de receio
Pender a fronte nas cheirosas tranças;
Amo inda mais no lábio ardente e cheio
De amor que passa e aroma-lhe as lembranças,
– E quando o olhar afoga-se em desejo, –
Implorar ilusões, pedir um beijo!

XIV

Escutai-me, leitor, a minha história
É fantasia sim, porém amei-a.
Sonhei-a em sua palidez marmórea,
Como a ninfa que volve-se na areia
Co'os lindos seios nus... Não sonho glória;
Escrevi porque a alma tinha cheia
– Numa insônia que o **spleen** entristecia –
De vibrações convulsas de ironia!

XV

Mas não vos pedirei perdão contudo:
Se não gostais desta canção sombria
Não penseis que me enterre em longo estudo
Por vossa alma fartar de outra harmonia!

Se vario no verso e ideias mudo
É que assim me desliza a fantasia...
Mas a crítica, não... eu rio dela...
Prefiro a inspiração de noite bela!

XVI

A crítica é uma bela desgraçada
Que nada cria nem jamais criara;
Tem entranhas de areia regelada;
É a esposa de Abrão, a pobre Sara
Que nunca foi por Anjo fecundada;
Qual -a mãe que por ela assassinara
Por sua inveja e vil desesperança
Dos mais santos amores a criança.

XVII

O meu imaginar é um navio
Que entre as brisas da noite se perfuma,
Que à plácida monção do morno estio
Resvala pelo mar à flor da escuma!
E da noite no fresco e no arrepio
Das vagas a gemer uma por uma
Sobre a quilha que lânguida se escoa
Os marinheiros vão dormir na proa.

XVIII

E dorme o capitão: e dorme e sonha
Aos fumos do charuto rescendente
E do **rhum** nos vapores vem risonha
Nas cismas lhe dançar alegremente,
Esquecer-lhe a viagem enfadonha
A Andaluza gentil de lábio ardente:
E embala-se em monótono descante
Sonhando os seios da morena amante!

XIX

O marujo a dormir no chão imundo
Sonha o riso da nédia taverneira,
Da terra a folga, o vinho rubicundo
E nas mesas da tasca a bebedeira!
Ai! coitados de nós! todo esse mundo
Não vale do sonhar a huri faceira!
– Diz-lo o nauta no mar, o rei no trono:
Da vida tudo o mais não val o sono!

XX

E que durmam! se a lânguida ventura
No regaço cheiroso os adormece!
E que durmam! se é muito fresca e pura
A noite de sonhar que a vida esquece!

E se quando se dorme nódoa impura
Nem os lírios do amor amarelece,
E a estrela não mergulha-se na treva...
Assim meu pensamento – um sonho o leva!

XXI

Quando a lágrima sinto que tressua
Numa pálpebra roxa e desbotada,
Então minha alma tem na lira sua
Uma corda por ela perfumada!
E quando eu amo ao clarão da lua
Num olhar de morena desmaiada
E o lábio em sede férvida me inflama,
O meu peito canções de amor derrama!

XXII

Quando gelou-se moribundo o peito
Que um amor insensato consumia
No deserto lodaçal, em frio leito,
Houve por ele o ai de uma harmonia!
Num coração às lágrimas afeito,
Um adeus à flor que se perdia,
Um adeus à lembrança do passado!
Uma saudade em chão abandonado!

XXIII

Froixo o verso talvez, pálida a rima
Por este meus delírios cambeteia,
Porém odeio o pó que deixa a lima
E o tedioso emendar que gela a veia!
Quanto a mim é o fogo quem anima
De uma estância o calor: quando formei-a,
Se a estátua não saiu como pretendo,
Quebro-a, mas nunca seu metal emendo.

XXIV

Meu herói é um moço preguiçoso
Que viveu e bebia porventura
Como nós, meu leitor; se era formoso
Ao certo não o sei. Em mesa impura
Esgotara com lábio fervoroso
Como vós e como eu a taça escura...
Era pálido sim... mas não d'estudo:
No mais... era um devasso e disse tudo!

XXV

Dizer que era poeta – é coisa velha:
No século da luz assim é todo
O que herói de novelas assemelha.
Vemos agora a poesia a rodo!

Nem há nos botequins face vermelha,
Amarelo caixeiro, alma de lodo,
Nem Bocage de esquina, vate imundo,
Que não se creia um Dante vagabundo!

XXVI

O meu não era assim: não se imprimia,
Nem versos no teatro declamava!
Só quando o fogo do licor corria
Da fronte no palor que avermelhava,
Com as convulsas mãos a taça enchia.
Então a inspiração lhe afervorava
E do vinho no eflúvio e nos ressábios
Vinha o fogo do gênio à flor dos lábios!

XXVII

Se era nobre ou plebeu, ou rico ou pobre
Não direi-vos também: que importa o manto
Se é belo o cavaleiro que ele cobre?
E que importa o passado, um nome santo
De pútridos avós? plebeu ou nobre
Somente a raiva lhe acordava o pranto.
Embuçada no orgulho a fronte erguia
E do povo e dos reis escarnecia!

XXVIII

Não se lançara nas plebeias lutas,
Nem nas falanges do passado herdeiras,
No turbilhão das multidões hirsutas,
Não se enlaivou da pátria nas sangueiras,
Nem da praça no pó das vis disputas!
Sonhava sim em tradições guerreiras,
Nos cânticos de bardo sublimado...
Mas nas épicas sombras do passado.

XXIX

O presente julgava um mar de lama
Onde vis ambições se debatiam,
Ruína imunda que lambera a chama:
Cadáver que aves fétidas roíam!
Tudo sentiu venal! e ingrata a fama!
Como torrentes tépidas corriam
As glórias, tradições, coroas soltas
De um mar de infâmias às marés revoltas!

XXX

Não quisera mirar a face bela
Nesse espelho de lodo ensanguentado!
A embriaguez preferia: em meio dela
Não viriam cuspir-lhe o seu passado!

Como em nevoento mar perdida vela
Nos vapores do vinho assombreado
Preferia das noites na demência
Boiar (como um cadáver) na existência!

XXXI

Uma vez o escutei: todos dormiam –
Junto à mesa deserta e quase escura:
Lembranças do passado lhe volviam;
Não podia dormir! Na festa impura
Fora afogar escárnios que doíam...
Não o pôde: dos lábios na amargura
Ouvi-lhe um murmurar... Eram sentidas
Agonias das noites consumidas!

XXXII

Olvidei a canção: só lembro dela
Que d'alma a languidez a estremecia:
Como um anjo num sonho de donzela
Sobre o peito a guitarra lhe gemia!
E quando à froixa lua, da janela,
Cheia a face de lágrimas erguia,
Como as brisas do amor lhe palpitavam
Os lábios no palor que bafejavam!

XXXIII

Amar, beber, dormir, eis o que amava:
Perfumava de amor a vida inteira,
Como o cantor de **Don Juan** pensava
Que é da vida o melhor a bebedeira...
E a sua filosofia executava...
Como Alfredo Musset, a tanta asneira
Acrescento porém... juro o que digo!
Não se parece Jônatas comigo.

XXXIV

Prometi um poema, e nesse dia
Em que a tanto obriguei a minha ideia
Não prometi por certo a biografia
Do sublime cantor desta Epopeia.
Consagro a outro fim minha harmonia...
Por favor contarei nesta Odisseia
De Jônatas a glória não sabida...
Mas não quero contar a minha vida.

XXXV

Basta! foi longo o prólogo! confesso!
Mas é preciso à casa uma fachada,
À fronte da mulher um adereço,
No muro um lampião à torta escada!
E agora desse santo me despeço
Com a face de lágrimas banhada,
Qual o moço Don Juan no enjoo rola
Chorando sobre a carta da Espanhola.

DE
O CONDE LOPO

INVOCAÇÃO
Variações em todas as cordas

I

Alma de fogo, coração de lavas,
Misterioso Bretão de ardentes sonhos,
Minha musa serás – poeta altivo
Das brumas de Albion, fronte acendida
Em túrbido ferver! – a ti portanto,
Errante trovador d'alma sombria,
Do meu poema os delirantes versos!

II

Foste poeta, Byron! a onda uivando
Embalou-te o cismar – e ao som dos ventos
Das selváticas fibras de tua harpa
Exalou-se o rugir entre lamentos!

III

De infrene inspiração a voz ardente
Como o galope do corcel da Ucrânia
Em corrente febril que alaga o peito
A quem não rouba o coração – ao ler-te?
Foste Ariosto no correr dos versos,
Foste Dante no canto tenebroso,
Camões no amor e Tasso na doçura,
    Foste poeta, Byron!
Foi-te a imaginação rápida nuvem

Que arrasta o vento no rugir medonho –
Foi-te a alma uma caudal a despenhar-se
Das rochas negras em mugido imenso.
Leste no seio, ao coração, o inferno,
Como teu Manfred desfraldando à noite
O escurecido véu. – E riste, Byron,
Que do mundo o fingir merece apenas
Negro sarcasmo em lábios de poeta.
    Foste poeta, Byron!

IV

A ti meu canto pois – cantor das mágoas
De profunda agonia! – a ti meus hinos,
Poeta da tormenta – alma dormida
Ao som do uivar das feras do oceano,
Bardo sublime das Britânias brumas!

I

Foi-te férreo o viver – enigma a todos
    Foi o teu coração!
Da fronte no palor fervente em lavas
    Um gênio ardente e fundo:
O mundo não te amou e riste dele
    – Poeta – o que era-te o mundo?
Foste, Manfred, sonhar nas serras ermas
    – Entre os tufões da noite! –

E em teu Jungfrau – a mão da realidade
    As ilusões quebrou-te!
Como um gênio perdido – em rochas negras
    Paraste à beira-mar
Do escuro céu falando às nuvens, – solto
    O negro manto ao ar!

O mar bramiu-te o hino da borrasca
    E em pé – no peito os braços –
O riso irônico – vinha o azul relâmpago
    T'esclarecer a espaços.
A fronte nua o rorejar da noite
    Frio – te umedecia
E acima o céu – e além o mar te olhava
    C'os olhos da ardentia!

2

As volúpias da noite descoraram-te
    A fronte enfebrecida
Em vinho e beijos – afogaste em gozo
    Os teus sonhos da vida.
E sempre sem amor, vagaste sempre
    Pálido Dom João!
Sem alma que entendesse a dor que o peito
    Te fizera em vulcão!

3

Da absorta mente os sonhos te quebrava
        Do mundo o sussurrar.
E foste livre refazer teu peito
        Ao ar livre do mar.
E quando o barco d'alta noite aos ventos
        Entre as vagas corria
E d'astro incerto o alvor te prateava
        A palidez sombria,
Era-te amor o pleitear das águas
        Nos rochedos cavados –
E amargo te franzia um rir de gozo
        Os lábios descorados!

E amaste o vendaval, que as folhas trêmulas
        Das florestas varria –
E o mar – alto a rugir – que a ouvi-lo, a fronte
        Altiva se te erguia!
E amaste negro o céu, – o mar – a noite
        E entre a noite – o trovão.
Num crâneo zombador brindaste aos mortos
        Cantor da destruição!

4

E um dia as faces desbotou-te a morte
    De alvor, frio e letal –
Deram-te em presa aos vermes – Mas que importa
    Se é teu nome imortal?

Se foste sobranceiro na peleja
    Como o foras nos cantos –
Se o grego litoral e o mar que o banha
    Por ti beberam prantos? –
Se do levante as virações correndo
    Nos mares orientais
Deram-te nênias no sussurro trêmulo.
Byron, se o nome teu lembra um espírito
    Das glórias decaído,
E fez-te o coração os teus poemas
    De coração perdido,
Se co'a dor de teus hinos simpatizam
    Duma alma os turvos imos
E o teu sarcasmo queimador consola
    E contigo sorrimos?

5

Vem, pois, poeta amargo da descrença,
    Meu Lara vagabundo –
E co'a taça na mão e o fel nos lábios,
    Zombaremos do mundo!

(TRECHO DO CANTO III)

II

Eu amo a lua pálida passando
Na fulgência do céu por entre alvores
      Qual entre névoas
De assombrando jardim – desliza, envolto
Em roupas níveas, um fantasma à noite!
Alma de virgem no dizer do povo,
Voltando sempre ao descair das sombras
Cândida e fria com os lábios alvos
Estremecidos num falar mimoso,
As sombras desflorando aérea e leve.

———

Eu amo a lua pálida, sozinha
A s'escoar entre a mudez dos astros
Aqui e ali oculta em véu de névoas
Que o hálito das brisas adelgaçam,
Melancólica sempre – qual sentada
No solitário barbacã de pedra
Do gótico torreão, loura donzela
Saudades a cismar, ouvindo ao longe
De erradio cantor as trovas soltas
Que a viração da noite esvai, confunde,
      Co'os suspiros do vale. –
Eu amo a luz pálida nascendo
Ou morrendo no mar, listando as vagas

D'auriargênteo clarão – ou entre as folhas
Da floresta sombria s'escondendo
Partindo – sem adeus e sem saudade.

Eu amo a lua pálida, alta noite,
Quando tudo é silêncio – e desgarrado
Vago dos campos na mudez, sozinho,
Ao lânguido palor das luzes dela;
Sentindo o peito se enlevar sorvendo
Os hálitos da aragem que me envolve
Como braços de virgem: – Amo a lua...
Alvíssima passando entre o silêncio
Na fulgência do céu límpido e claro
      Semeado d'estrelas!

CANTO IV

A change came on the spirit of my dream.
BYRON

Away! Away!
B. MAZEPPA

I

E o sonho transformou-se-lhe –
                    Corria
Num rápido corcel cuja brancura
Reluzia nas trevas, entre a densa
Escuridão da noite, como fósforo,
Com um fulgir de seda tremulante.

Dos olhos do corcel partiam lumes
De vermelho fulgor; as largas ventas
Fumavam ressoando – As longas clinas
Soltas ao vento, floreadas, trêmulas
Refulgiam nas tênebras, mas pálidas
Como um perfil de morto. – E ele corria
A largo galopar faiscando as pedras
Com centelhas de fogo – e o pó em torno
Como uma nuvem lhe seguia o rasto,
Trazendo ao fantasiar ideias torvas
De espíritos dormidos no caminho,
Que o piso férreo do cavalo fora

Do sono despertar, e como lobos
Nos gelos da Sarmácia – enfurecidos
Seguem-lhe os passos rápidos – uivando!

      II

E o ginete corria sem cansaço
Sem que morno suor do branco pelo
Gotejasse sequer – mas frio sempre!
Tão frio que o mancebo quando às vezes
No insano galopar chegava às curvas
Pra segurar-se nele – pelos ossos
Sentia gelo lhe escorrer...
                    E sempre
O lívido corcel por entre as sombras
Saltando os precipícios – como um gamo
A escalar rochedos – como uma ave
Na infinda rapidez cortando os ares
– E como o vento a ultrapassar ligeiro
Montes e vales – como um petrel nágua
Do Oceano frio a galopar tão rápido
Como no praino dos compridos vales.

III

E a cada volta vinha um companheiro
Com ele emparelhar – d'alvor luzente
E juntos caminhavam em fileira
Em louco disparar saltando os rios,
E fuzilando no passar as rochas
Dos alvos dorsos dos escuros serros.

IV

Era num largo deservado campo –
Perde-se a vista sem lhe achar limites –
Aqui e ali – nos montes – cada píncaro
Tinha um rubro vulcão por c'roa régia
A cingir-lhe o cabeço – clarão feio
De sanguíneo fulgir treme nos ares
Ofuscador; – e o céu além é negro
De túrbido esfumar. –
     Compridas horas
Correram pelo campo entre as fogueiras
Que a mão do inferno colocou no topo
Dos negros serros nus – e a tropa cresce
Dos rápidos corcéis varrendo o espaço
Em infinda fileira. – O olhar não pode
Quantos sejam dizer; que o termo perde-se
De cada lado no estridor dos passos
E na alvura das sombras que cavalgam

Os tétricos corcéis. –
           E sempre e sempre
Como se Deus ou se Satan dissesse-lhes:
"Correi sem mais parar!" – os gigantescos
Lívidos animais voam ao longe
O espaço a devorar co'os largos membros...

———

Parecia esse um cavalgar de mortos
Tanto era o silêncio – Os cavaleiros
Dos pálidos cavalos envolviam
Longos brancos vestidos, que a violência
Da corrida arrastava longe deles.
Comprido denso véu lhes encobria
(Bem como o lenço que se lança à face
Daquele que morreu e jaz na cova
Antes da cal o vulto embranquecer-lhe)
As formas do semblante, mas o vento
Que as dobras lhe fixava sobre o rosto
Só descarnados ossos desenhava,
Como saliências de caveira seca
N'alvura desse véu. –
           Os cavaleiros
Eram – certo – fantasmas – que um mau cheiro
Como de sepulturas baforava
às faces do mancebo. –
(...)

(TRECHO DO CANTO V)

VIII

Vai escura
Caindo úmida a noite; o céu se alastra
De nuvens negras aqui e ali abertas,
No seu escassear mostrando brilhos
De perdidas estrelas. – Sopra o vento,
E rápidas as nuvens vão correndo
Em escura cadeia; o mar na praia
Soluça e quebra-se como um gemido.

―――

Que triste que é ouvir correr os ventos
Na escuridão dos palmeirais da serra!
Que triste que é o arfar das rotas vagas
Nos abrolhos da costa em noite negra!
E o céu, sem um fulgor de estrela amiga,
A terra sem um som que não as vozes
Dos ventos e do mar entre silêncio
Que apenas turba o acariciar da onça
Aos famulentos filhos na floresta...

―――

Soam nas pedras do caminho escuro
Ao veloz galopar faiscando os seixos
Os passos de um ginete. – Ei-lo que estaca

Açaimado do frio, junto à praia.
Copiosa escuma de mar lhe alveja
A reluzente escuridão do pelo;
Respira ardente, porém não cansado –
As clinas longas sacudindo ansioso
Ao vento que do mar se eleva fresco.

―――

Embuçado no manto, apeou-se dele
Um vulto negro. – Com as rédeas soltas
O cavalo deixou – que espera imóvel;
Que o filho dos desertos não precisa,
Generoso, como é, de mais que a ordem
Do nobre cavaleiro. –
                     Encaminhou-se
O vulto a um alcantil. – Ei-lo parado
Com os braços no peito e o manto solto,
Aos caprichos do vento tremulando.

―――

Ei-la alveja no céu a flor das noites,
Magnólia alva que abriu – a argêntea lua
Dentre o manto das nuvens olha cândida
Para a terra dormida ao som dos mares.
É negro o mais do céu – correndo feias
As sombras o escurecem – outras vezes

Luz-lhes em meio aparecendo nívea
Em breve fundo azul, como uma pérola
No cobalto vivo do mar.
                              Co'os olhos nela
Vê-la a fulgir e se afundar em trevas
O vulto imóvel do penhasco negro.
Ruge-lhe em baixo o mar, quebrado, altivo,
Em férvidas espumas, saraivando-lhe
Do amargo chuvisqueiro as roupas negras.

DE
MACÁRIO

PRIMEIRO EPISÓDIO

NUMA ESTALAGEM DA ESTRADA

Macário *(falando para fora)*

Olá, mulher da venda! Ponham-me na sala uma garrafa de vinho, façam-me a cama e mandem-me ceia: palavra de honra que estou com fome! Deem alguma ponta de charuto ao burro que está suado como um frade bêbedo! Sobretudo não esqueçam o vinho!

Uma voz

Há aguardente unicamente, mas boa.

Macário

Aguardente! Pensas que sou algum jornaleiro?... Andar seis léguas e sentir-se com a goela seca. Ó mulher maldita! aposto que também não tens água?

A mulher

E pura, senhor! Corre ali embaixo uma fonte que é limpa como o vidro e fria como uma noite de geada. (*Sai.*)

Macário

Eis aí o resultado das viagens. Um burro froixo, uma garrafa vazia. (*Tira uma garrafa do bolso.*) **Cognac**! És um belo companheiro de viagem. És silencioso como um vigário em caminho, mas no silêncio que inspiras, como nas noites de luar, ergue-se às vezes um canto misterioso que enleva! **Cognac**! Não te ama quem não te entende! não te amam essas bocas feminis acostumadas ao mel enjoado da vida, que não anseiam prazeres desconhecidos, sensações mais fortes! E eis-te aí vazia, minha garrafa! vazia como mulher bela que morreu! Hei-de fazer-te uma nênia.

E não ter nem um gole de vinho! Quando não há o amor, há o vinho; quando não há o vinho, há o fumo; e quando não há amor, nem vinho, nem fumo, há o **spleen**. O **spleen** encarnado na sua forma mais lúgubre naquela velha taverneira repassada de aguardente que tresanda!

(Entra a mulher com uma bandeja.)

A mulher

Eis aqui a ceia.

Macário

Ceia! que diabo de comida verde é essa? Será algum feixe de capim? Leva para o burro.

A mulher

São couves...

Macário

Leva para o burro.

A mulher

É fritado em toicinho...

Macário

Leva para o burro com todos os diabos! (*Atira-lhe o prato na cabeça. A mulher sai. Macário come.*)

Um Desconhecido (*entrando*)

Boa noite, companheiro.

Macário (*comendo*)

Boa noite...

O Desconhecido

Tendes um apetite!...

Macário

Entendo-vos. Quereis comer? sentai-vos. Quereis conversar? esperai um pouco.

O Desconhecido

Esperarei. (*Senta-se*)

Macário (*comendo*)

Parece-me que não é a primeira vez que voz encontro. Quando a noite caía, ao subir da garganta da serra...

O Desconhecido

Um vulto com um poncho vermelho e preto roçou a bota por vossa perna...

Macário

Tal e qual – por sinal que era fria como o focinho de um cão.

O Desconhecido

Era eu.

Macário

Há um lugar em que estende-se um vale cheio de grama. À direita corre uma torrente que corta a estrada pela frente... Há uma ladeira mal calçada que se perde pelo mato...

O Desconhecido

Aí encontrei-vos outra vez... A propósito, não bebeis?

Macário

Pois não sabeis? Essa maldita mulher só tem aguardente; e eu que sou capaz de amar a mulher do povo como a filha da aristocracia, não posso beber o vinho do sertanejo.

O Desconhecido

(Tira uma garrafa do bolso e derrama vinho no copo de Macário.)
Ah!

Macário

Vinho! *(Bebe.)* À fé que é vinho de Madeira! À vossa saúde, cavalheiro!

O Desconhecido

À vossa. *(Tocam os copos.)*

Macário

Tendes as mãos tão frias!

O Desconhecido

É da chuva. *(Sacode o ponche.)* Vede: estou molhado até os ossos!

Macário

Agora acabei: conversemos...

O Desconhecido

Vistes-me duas vezes. Eu vos vi ainda outra vez. Era na serra, no alto da serra. A tarde caía, os vapores azulados do horizonte se escureciam. Um vento frio sacudia as folhas da montanha e vós contempláveis a tarde que caía. Além, nesse horizonte, o mar como uma linha azul orlada de escuma e de areia – e no vale, como bando de gaivotas brancas sentadas num paul, a cidade que algumas horas antes tínheis deixado. Daí vossos olhares se recolhiam aos arvoredos que vos rodeavam, ao precipício cheio das flores azuladas e vermelhas das trepadeiras, às torrentes que mugiam no fundo do abismo, e defronte víeis aquela cachoeira imensa que espedaça suas águas amareladas, numa chuva de escuma, nos rochedos negros do seu leito. E olháveis tudo isso com um ar perfeitamente romântico. Sois poeta?

Macário

Enganai-vos. Minha mula estava cansada. Sentei-me ali para descansá-la. Esperei que o fresco da neblina a reforçasse. Nesse tempo divertia-me em atirar pedras no despenhadeiro e contar os saltos que davam.

O Desconhecido

É um divertimento agradável.

Macário

Nem mais nem menos que cuspir num poço, matar moscas, ou olhar para a fumaça de um cachimbo... A minha mala... (*Chega à janela*.) Ó mulher da casa! olá! ó de casa!

Uma voz (*de fora*)

Senhor!

Macário

Desate a mala de meu burro e tragam-ma aqui...

A voz

O burro?

Macário

A mala, burro!

A voz

A mala com o burro?

Macário

Amarra a mala nas tuas costas e amarra o burro na cerca.

A voz

O senhor é o moço que chegou primeiro?

Macário

Sim. Mas vai ver o burro.

A voz

Um moço que parece estudante?

Macário

Sim. Mas anda com a mala.

A voz

Mas como hei de ir buscar a mala? Quer que vá a pé?

Macário

Esse diabo é doido! Vai a pé, ou monta numa vassoura como tua mãe!

A voz

Descanse, moço. O burro há de aparecer. Quando madrugar iremos procurar.

Outra voz

Havia de ir pelo caminho do Nhô Quito. Eu conheço o burro...

Macário

E minha mala?

A voz

Não vê? Está chovendo a potes!...

Macário (*Fecha a janela.*)

Malditos! (*Atira com uma cadeira no chão.*)

O Desconhecido

Que tendes, companheiro?

Macário

Não vedes? O burro fugiu...

O Desconhecido

Não será quebrando cadeiras que o chamareis...

Macário

Porém a raiva...

O Desconhecido

Bebei mais um copo de Madeira. (*Bebem.*) Levais de certo alguma preciosidade na mala? (*Sorri-se.*)

Macário

Sim...

O Desconhecido

Dinheiro?

Macário

Não, mas...

O Desconhecido

A coleção completa de vossas cartas de namoro, algum poema em borrão, alguma carta de recomendação?

Macário

Nem isso, nem aquilo... Levo...

O Desconhecido

A mala não pareceu-me muito cheia. Senti alguma coisa sacolejar dentro. Alguma garrafa de vinho?

Macário

Não! não! mil vezes não! Não concebeis, uma perda imensa, irreparável... era o meu cachimbo...

O Desconhecido

Fumais?

Macário

Perguntai de que serve o tinteiro sem tinta, a viola sem cordas, o copo sem vinho, a noite sem mulher – não me pergunteis se fumo!

O Desconhecido (*Dá-lhe um cachimbo.*)

Eis aí um cachimbo primoroso. É de pura escuma do mar. O tubo é de pau de cereja. O bocal é de âmbar.

Macário

Bofé! Uma Sultana o fumaria! E fumo?

O Desconhecido

É uma invenção nova. Dispensa-o. Acendei-o na vela. (*Macário acende.*)

Macário

E vós?

O Desconhecido

Não vos importeis comigo. (*Tira outro cachimbo e fuma.*)

Macário

Sois um perfeito companheiro de viagem. Vosso nome?

O Desconhecido

Perguntei-vos o vosso?

Macário

O caso é que é preciso que eu pergunte primeiro. Pois eu sou um estudante. Vadio ou estudioso, talentoso ou estúpido, pouco importa. Duas palavras só: amo o fumo e odeio o Direito Romano. Amo as mulheres e odeio o romantismo.

O Desconhecido

Tocai! Sois um digno rapaz. (*Apertam a mão.*)

Macário

Gosto mais de uma garrafa de vinho que de um poema, mais de um beijo que do soneto mais harmonioso. Quanto ao canto dos passarinhos, ao luar sonolento, às noites límpidas, acho isso sumamente insípido. Os passarinhos sabem só uma cantiga. O luar é sempre o mesmo. Esse mundo é monótono a fazer morrer de sono.

O Desconhecido

E a poesia?

Macário

Enquanto era a moeda de oiro que corria só pela mão do rico, ia muito bem. Hoje trocou-se em moeda de cobre; não há mendigo, nem caixeiro de taverna que não tenha esse vintém azinavrado. Entendeis-me?

O Desconhecido

Entendo. A poesia, de popular tornou-se vulgar e comum. Antigamente faziam-na para o povo; hoje o povo faz-la... para ninguém...

Macário (*Bebe.*)

Eu vos dizia pois... Onde tínhamos ficado?

O Desconhecido

Não sei. Parece-me que falávamos sobre o Papa.

Macário

Não sei: creio que o vosso vinho subiu-me à cabeça. Puah! Vosso cachimbo tem sarro que tresanda!

O Desconhecido

Sois triste, moço... Palavra, que eu desejaria ver uma poesia vossa.

Macário

Por quê?

O Desconhecido

Porque havia ser alegre como Arlequim assistindo a seu enterro...

Macário

Poesias a quê?

O Desconhecido

À luz, ao céu, ao mar...

Macário

Primeiramente – o mar é uma coisa soberanamente insípida... O enjoo é tudo quanto há mais prosaico. Sou daqueles de quem fala o corsário de Byron "whose soul would sicken o'er the heaving wave".

O Desconhecido

E enjoais a bordo?

Macário

É a única semelhança que tenho com D. Juan.

O Desconhecido

Modéstia!

Macário

Pergunta à taverneira se apertei-lhe o cotovelo, pisquei-lhe o olho, ou pus-lhe a mão nas tetas...

O Desconhecido

Um dragão!

Macário

Uma mulher! Todas elas são assim. As que não são assim por fora o são por dentro. Algumas em falta de cabelos na cabeça os têm no coração. As mulheres são como as espadas, às vezes a bainha é de oiro e de esmalte, e a folha é ferrugenta.

O Desconhecido

Falas como um descrido, como um saciado! E contudo ainda tens os beiços de criança! Quantos seios de mulher beijaste além do seio de tua ama de leite? Quantos lábios além dos de tua irmã?

Macário

A vagabunda que dorme nas ruas, a mulher que se vende corpo e alma, porque sua alma é tão desbotada como seu corpo, te digam minhas noites. Talvez muita virgem tenha suspirado por mim! Talvez agora mesmo alguma donzela se ajoelhe na cama e reze por mim!

O Desconhecido

Na verdade és belo. Que idade tens?

Macário

Vinte anos. Mas meu peito tem batido nesses vinte anos tantas vezes como o de um outro homem em quarenta.

O Desconhecido

E amaste muito?

Macário

Sim e não. Sempre e nunca.

O Desconhecido

Fala claro.

Macário

Mais claro que o dia. Se chamas o amor à troca de duas temperaturas, o aperto de dois sexos, a convulsão de dois peitos que arquejam, o beijo de duas bocas que tremem, de duas vidas que se fundem... tenho amado muito e sempre!... Se chamas o amor o sentimento casto e puro que faz cismar o pensativo, que faz chorar o amante na relva onde passou a beleza, que adivinha o perfume dela na brisa, que pergunta às aves, à manhã, à noite, às harmonias da música, que melodia é mais doce que sua voz, e ao seu coração, que formosura há mais divina que a dela – eu nunca amei. Ainda não achei uma mulher assim. Entre um charuto e uma chávena de café lembro-me às vezes de alguma forma divina, morena, branca, loira, de cabelos castanhos ou negros. Tenho-as visto que fazem empalidecer – e meu peito parece sufocar... meus lábios se gelam, minha mão se esfria... Parece-me então que se aquela mulher que me faz estremecer assim soltasse sua roupa de veludo e me deixasse pôr os lábios sobre seu seio um momento, eu morreria num desmaio de prazer! Mas depois desta vem outra – mais outra – e o amor se desfaz numa saudade que se desfaz no esquecimento. Como eu te disse, nunca amei.

O Desconhecido

Ter vinte anos e nunca ter amado! E para quando esperas o amor?

Macário

Não sei. Talvez eu ame quando estiver impotente!

O Desconhecido

E o que exigirias para a mulher de teus amores?

Macário

Pouca coisa. Beleza, virgindade, inocência, amor...

O Desconhecido (*irônico*)

Mais nada?

Macário

Notai que por beleza indico um corpo bem-feito, arredondado, cetinoso, uma pele macia e rosada, um cabelo de seda froixa e uns pés mimosos...

O Desconhecido

Quanto à virgindade?

Macário

Eu a quereria virgem n'alma como no corpo. Quereria que ela nunca tivesse sentido a menor emoção por ninguém. Nem por um primo, nem por um irmão... Que Deus a tivesse criado adormecida n'alma até ver-me, como aquelas princesas encantadas dos contos – que uma fada adormecera por cem anos. Quereria que um anjo a cobrisse sempre com seu véu, e a banhasse todas as noites do seu óleo divino para guardá-la santa! Quereria que ela viesse criança transformar-se em mulher nos meus beijos.

O Desconhecido

Muito bem, mancebo! E esperas essa mulher?

Macário

Quem sabe!

O Desconhecido

E é no lodo da prostituição que hás de encontrá-la?

Macário

Talvez! É no lodo do oceano que se encontram as pérolas...

O Desconhecido

Em mau lugar procuras a virgindade! É mais fácil achar uma pérola na casa de um joalheiro que no meio das areias do fundo do mar.

Macário

Quem sabe!...

O Desconhecido

Duvidas, pois?

Macário

Duvido sempre. Descreio às vezes. Parece-me que este mundo é um logro. O amor, a glória, a virgindade, tudo é uma ilusão.

O Desconhecido

Tens razão: a virgindade é uma ilusão! Qual é mais virgem, aquela que é desflorada dormindo, ou a freira que ardente de lágrimas e desejos se revolve no seu catre, rompendo com as mãos sua roupa de morte, lendo algum romance impuro?

Macário

Tens razão: a virgindade d'alma pode existir numa prostituta, e não existir numa virgem de corpo. – Há flores sem perfume, e perfume sem flores. Mas eu não sou como os outros. Acho que uma taça vazia pouco vale, mas não beberia o melhor vinho numa xícara de barro.

O Desconhecido

E, contudo, bebes o amor nos lábios de argila da mulher corrupta!

Macário

O amor? Quem te disse que era o amor? É uma fome impura que se sacia. O corpo faminto é como o conde Ugolino na sua torre – morderia até num cadáver.

O Desconhecido

Tua comparação é exata. A meretriz é um cadáver.

Macário

Vale-nos aos menos que sobre seu peito não se morre de frio!

O Desconhecido

Admira-me uma coisa. Tens vinte anos: deverias ser puro como um anjo e és devasso como um cônego!

Macário

Não é que eu não voltasse meus sonhos para o céu. A cisterna também abre seus lábios para Deus, e pede-lhe uma água pura – e o mais das vezes só tem lodo. Palavra de honra – que às vezes quero fazer-me frade.

O Desconhecido

Frade! Para quê?

Macário

É uma loucura. Enche esse copo. (*Bebe.*) Pela virgem Maria! Tenho sono. Vou dormir.

O Desconhecido

E eu também. Boa noite.

Macário

Ainda uma vez, antes de dormir, o teu nome?

O Desconhecido

Insistes nisso?

Macário

De todo o meu coração. Sou filho de mulher.

O Desconhecido

Aperta minha mão. Quero ver se tremes nesse aperto ouvindo meu nome.

Macário

Juro-te que não, ainda que fosses...

O Desconhecido

Aperta minha mão. Até sempre: na vida e na morte!

Macário

Até sempre, na vida e na morte!

O Desconhecido

E o teu nome?

Macário

Macário. Se não fosse enjeitado, dir-te-ia o nome de meu pai e o de minha mãe. Era decerto alguma libertina. Meu pai, pelo que penso, era padre ou fidalgo.

O Desconhecido

Eu sou o diabo. Boa noite, Macário.

Macário

Boa noite, Satã. (*Deita-se. O desconhecido sai.*) O diabo! uma boa fortuna! Há dez anos que eu ando para encontrar esse patife! Desta vez agarrei-o pela cauda! A maior desgraça deste mundo é ser Fausto sem Mefistófeles... Olá, Satã!

Satã

Macário...

Macário

Quando partimos?

Satã

Tens sono?

Macário

Não.

Satã

Então já.

Macário

E o meu burro?

Satã

Irás na minha garupa.

―――

NUM CAMINHO
Satã montado num burro preto; – Macário na garupa.

Macário

Para um pouco teu burro.

Satã

Não queres chegar?

Macário

É que ele tem um trote inglês de desesperar os intestinos.

Satã

E, contudo, este burro descende em linha reta do burro em que fez a sua entrada em Jerusalém o filho do velho carpinteiro José. Vês, pois, que é fidalgo como um cavalo árabe.

Macário

Tudo isso não prova que ele não trota danadamente. Falta-nos muito para chegar?

Satã

Não. Daqui a cinco minutos podemos estar à vista da cidade. Hás de vê-la desenhando no céu suas torres escuras e seus casebres tão pretos de noite como de dia, iluminada, mas sombria como uma eça de enterro.

Macário

Tenho ânsia de lá chegar. É bonita?

Satã (*Boceja.*)

Ah! é divertida.

Macário

Por acaso também há mulheres ali?

Satã

Mulheres, padres, soldados e estudantes. As mulheres são mulheres, os padres são soldados, os soldados são padres e os estudantes são estudantes: para falar mais claro: as mulheres são lascivas, os padres dissolutos, os soldados ébrios, os estudantes vadios. Isto salvo honrosas exceções, por exemplo, de amanhã em diante, tu.

Macário

Esta cidade deveria ter o teu nome.

Satã

Tem o de um santo: é quase o mesmo. Não é o hábito que faz o monge. Demais, essa terra é devassa como uma cidade, insípida como uma vila e pobre como uma aldeia. Se não estás reduzido a dar-te ao pagode, a suicidar-te de **spleen**, ou alumiar-te o rolo, não entres lá. E a monotonia do tédio. Até as calçadas!

Macário

Que têm?

Satã

São intransitáveis. Parecem encastoadas as tais pedras. As calçadas do inferno são mil vezes melhores. Mas o pior da história é que as beatas e os cônegos cada vez que saem, a cada topada, blasfemam tanto com o rosário na mão que já estou enjoado. Admiraste? por que abres essa boca espantada? Antigamente o diabo corria atrás dos homens, hoje são eles que rezam pelo diabo. Acredita que faço-te um favor muito grande em preferir-te à moça de um frade que me trocaria pelo seu Menino Jesus, e a um cento de padres que dariam a alma, que já não têm, por uma candidatura.

Macário

Mas, como dizias, as mulheres...

Satã

Debaixo do pano luzidio da mantilha, entre a renda do véu, com suas faces cor-de-rosa, olhos e cabelos pretos (e que olhos e que longos cabelos!) são bonitas. Demais, são beatas como uma bisavó; e sabem a arte moderna de entremear uma Ave-Maria com um namoro; e soltando uma conta do rosário lançar uma olhadela.

Macário

Oh! a mantilha acetinada! os olhares de Andaluza! e a tez fresca como uma rosa! os olhos negros, muito negros, entre o véu de seda dos cílios. Apertá-las ao seio com seus ais, seus suspiros, suas orações entrecortadas de soluços! Beijar-lhes o seio palpitante e a cruz que se agita no seu colo! Apertar-lhes a cintura, e sufocar-lhes nos lábios uma oração! Deve ser delicioso!

Satã

Tá! Tá! Tá! – Que ladainha! parece que já estás enamorado, meu Dom Quixote, antes de ver as Dulcineias!

Macário

Que boa terra! É o Paraíso de Mafoma!

Satã

Mas as moças poucas vezes têm bons dentes. A cidade colocada na montanha, envolta de várzeas relvosas, tem ladeiras íngremes e ruas péssimas. É raro o minuto em que não se esbarra a gente com um burro ou com um padre. Um médico que ali viveu e morreu deixou escrito numa obra inédita, que para sua desgraça o mundo não há de ler, que a virgindade era uma ilusão. E, contudo, não há em parte alguma mulheres que tenham sido mais vezes virgens que ali.

Macário

Têm-se-me contado muito bonitas histórias. Dizem na minha terra que aí, à noite as moças procuram os mancebos, que lhes batem à porta, e na rua os puxam pelo capote. Deve ser delicioso! Quanto a mim, quadra-me essa vida excelentemente, nem mais nem menos que um Sultão escolherei entre essas belezas vagabundas a mais bela. Aplicarei contudo o ecletismo ao amor. Hoje uma, amanhã outra: experimentarei todas as taças. A mais doce embriaguez é a que resulta da mistura dos vinhos.

Satã

A única que tu ganharás será nojenta. Aquelas mulheres são repulsivas. O rosto é macio, os olhos lânguidos, o seio morno... Mas o corpo é imundo. Tem uma lepra que ocultam num sorriso. Bofarinheiras de infâmia dão em troca do gozo o veneno da sífilis. Antes amar uma lazarenta!

Macário

És o diabo em pessoa. Para ti nada há bom. Pelo que vejo, na criação só há uma perfeição, a tua. Tudo o mais nada vale para ti. Substância da soberba, ris de tudo o mais embuçado no teu desdém. Há uma tradição, que quando Deus fez o homem, veio Satã; achou a criatura adormecida, apalpou-lhe corpo: achou-o perfeito, e deitou aí as paixões.

Satã

Essa história é uma mentira. O que Satã pôs aí foi o orgulho. E o que são vossas virtudes humanas senão a encarnação do orgulho?

Macário

Oh! Ali vejo luzes ao longe. Uma montanha oculta no horizonte. Disséreis um pântano escuro cheio de fogos errantes. Por que paras o teu animal?

Satã

Tenho uma casa aqui na entrada da cidade. Entrando à direita, defronte do cemitério. Sturn, meu pajem, lá está preparando a ceia. Levanta-te sobre meus ombros: não vês naquele palácio uma luz correr uma por uma as janelas? Sentiram a minha chegada.

Macário

Que ruínas são estas? É uma igreja esquecida? A lua se levanta ao longe nas montanhas. Sua luz horizontal banha o vale e branqueia os pardieiros escuros do convento. Não mora ali ninguém? Eu tinha desejo de correr aquela solidão.

Satã

E uma propensão singular a do homem pelas ruínas. Devia ser um frade bem sombrio, ébrio de sua crença profunda, o Jesuíta que aí lançou nas montanhas a semente dessa cidade. Seria o acaso quem lhe pôs no caminho, à entrada mesmo, um cemitério à esquerda e umas ruínas à direita?

Macário

Se quisesses, Satã, podíamos descer pelo despenhadeiro e ir ter lá embaixo, enquanto Sturn prepara a ceia.

Satã

Não, Macário. Minha barriga está seca como a de um eremita: deves também ter fome. Molhar os pés no orvalho não deve ser bom para quem vem de viagem. Vamos cear. Daqui a pouco o luar estará claro e poderemos vir.

Macário

Fiat voluntas tua.

Satã

Amen!

AO LUAR
Junto de uma janela está uma mesa.

Satã

Então, não bebes, Macário? Que tens, que estás pensativo e sombrio? Olha, desgraçado, é verdadeiro vinho do Reno que desdenhas!

Macário

E tu és mesmo Satã?

Satã

É nisso que pensavas? És uma criança. Decerto que querias ver-me nu e ébrio como Caliban, envolto no tradicional cheiro de enxofre! Sangue de Baco! Sou o diabo em pessoa! Nem mais nem menos: por que tenha luvas de pelica, e ande de calças à inglesa, e tenha os olhos tão azuis como uma alemã! Queres que to jure pela Virgem Maria?

Macário (*Bebe.*)

Este vinho é bom. Quando se tem três garrafas de Johannisberg na cabeça, sente-se a gente capaz de escrever um poema. O poeta árabe bem o disse – o vinho faz do poeta um príncipe e do príncipe um poeta. Sabes quem inventou o vinho?

Satã

E uma bela coisa o vapor de um charuto! E demais, o que é tudo no mundo senão vapor? A adoração é incenso e o incenso o que é? O amor é o vapor do coração que embebeda os sentidos. Tu o sabes – a glória é fumaça.

Macário

Sim. É belo fumar! O fumo, o vinho e as mulheres! Sabes... há ocasião em que dão-me venetas de viver no Oriente.

Satã

Sim... o Oriente! mas que achas de tão belo naqueles homens que fumam sem falar, que amam sem suspirar? É pelo fumo? Fuma aqui... vê, o luar está belo: as nuvens do céu parecem a fumaça do cachimbo do Onipotente que resfolga dormindo. Pelas mulheres? Faze-te vigário de freguesia...

Macário

É uma coisa singular esta vida. Sabes que às vezes eu quereria ser uma daquelas estrelas para ver de camarote essa Comédia que se chama o Universo? essa Comédia onde tudo que há mais estúpido é o homem que se crê um espertalhão? Vês aquele boi que rumina ali deitado sonolento na relva? Talvez seja um filósofo profundo que se ri de nós. A filosofia humana é uma vaidade. Eis aí, nós vivemos lado a lado, o homem dorme noite a noite com uma mulher: bebe, come, ama com ela, conhece todos os sinais de seu corpo, todos os contornos de suas formas, sabe todos os ais que ela murmurara nas agonias do amor, todos os sonhos de pureza que ela sonha de noite e todas as palavras obscenas que lhe escapam de dia... Pois bem – a esse homem que deitou-se mancebo com essa mulher ainda virgem, que a viu em todas as fases, em todos os seus crepúsculos, e acordou um dia com ela ambos velhos e impotentes, a esse homem, perguntai-lhe o que é essa mulher, ele não saberá dizê-lo! Ter volvido e revolvido um livro a ponto de manchar-lhe e romper-lhe as folhas, e não entendê-lo! Eis o que é a filosofia do homem! Há cinco mil anos que ele se abisma em si, e pergunta-se quem é, donde veio, onde vai, e o que tem mais juízo é aquele que moribundo crê que ignora!

Satã

Eis o que é profundamente verdade! Perguntai ao libertino que venceu o orgulho de cem virgens e que passou outras tantas noites no leito de cem devassas, perguntai a D. Juan, Hamlet ou ao Faust o que é a mulher, e... nenhum o saberá dizer. E isso que te digo não é romantismo. Amanhã numa taverna poderás achar Romeu com a criada da estalagem, verás D. Juan com Julietas, Hamlet ou Faust sob a casaca de um *dandy*. É que esses tipos são velhos e eternos como o sol. E a humanidade que os estuda desde os primeiros tempos ainda não entende esses míseros, cuja desgraça é não entender e o sábio que os vê a seu lado deixa esse estudo para pensar nas estrelas; o médico, que talvez foi moço de coração e amou e creu, e desesperou e descreu, ri-se das doenças da alma, e só vê a nostalgia na ruptura de um vaso, o amor concentrado quando se materializa numa tísica. Se Antony ainda vive e deu-se à medicina, é capaz de receitar uma dose de jalapa para uma dor íntima; um cautério para uma dor de coração.

Macário

Falas como um livro, como dizem as velhas. Só Deus ou tu sabes se o Ramée ou D. César de Basan, Santa Teresa ou Marion Delorme, o sábio ou o ignorante, Creso ou Iro, Goethe ou o mendigo ébrio que canta, entenderam a vida. Quem sabe onde está a verdade? nos sonhos do poeta, nas visões do monge, nas canções obscenas do marinheiro, na cabeça do doido, na palidez do cadáver, ou no vinho ardente da orgia? Quem sabe?

Satã

És triste como um sino que dobra. Não falemos nisto. Fala-me antes na beleza de alguma virgem nua, na languidez de uns olhos negros, na convulsão que te abala nalguma hora de deleite. A minha guitarra está ali: queres que te cante alguma modinha? Pela lua! estás distraído como um fumador de ópio!

Macário

No que penso? Hás de rir se contar-to. É uma história fatal.

Satã

Deixa-me acender outro charuto... Muito bem. Conta agora. É algum romance?

Macário

Não: lembrei-me agora de uma mulher.[1] Uma noite encontrei na rua uma vagabunda. A noite era escura. Eu ia pelas ruas à toa... Segui-a. Ela levou-me à sua casa. Era um casebre. A cama era um catre: havia um colchão em cima, mas tão velho, tão batido, que parecia estar desfeito ao peso dos que aí haviam-se revolvido. Deitei-me com ela. Estive algumas horas. Essa mulher não era bela: era magra e lívida. Essa alcova era imunda. Eu estava aí frio: o contacto daquele corpo amolecido não me excitava sensações: e contudo eu mentia à minh'alma, dando-lhe beijos. Eu saí dali. No outro dia de manhã voltei. A casa estava fechada. Bati. Não me responderam. Entrei: – uma mulher saiu-me ao encontro. Perguntei-lhe pela outra. Silêncio! me disse a velha. – Está deitada ali no chão... Morreu esta noite... E com um ar cínico... – "Quereis vê-la? está nua... vão amortalhá-la".

---
[1] Histórico

Satã

Na verdade, é singular. E o nome dessa mulher?

Macário

Esqueci-o. Talvez amanhã eu to diga: amanhã ou depois, que importa um nome? E contudo essa misérrima com quem deitei-me uma noite, que pretendia ter o segredo da virgindade de Marion Delorme, que me falava de *amanhã* com tanta certeza, que mercadejava sua noite de *amanhã* como vendera segunda vez a de seu *hoje*, e que decerto morreu pensando nos meios de excitar mais deleite, na receita da virgindade eterna que ela sabia como a antiga Marion Delorme, essa mulher que esqueci como se esquecem os que são mortos, me fez ainda agora estremecer.

Satã

E quem sabe se aquela mulher, a cujo lado estiveste, não era a ventura?

Macário

Não te entendo.

Satã

Quem sabe se naquele pântano não encontrarias talvez a chave de ouro dos prazeres que deliram?

Macário

Quem sabe! Talvez.

Satã

É tarde. Agora é uma caveira a face que beijaste – uma caveira sem lábios, sem olhos e sem cabelos. O seio se desfez. A vulva onde a sede imunda do soldado se enfurdava – como um cão se sacia de lodo – foi consumida na terra. Tudo isso é comum. É uma ideia velha, não? E quem sabe se sobre aquele cadáver não correram lágrimas de alguma esperança que se desvaneceu? se com ela não se enterrou teu futuro de amor? Não gozaste aquela mulher?

Macário

Não.

Satã

Se ali ficasses mais alguma hora, talvez ela te morresse nos braços. Aquela agonia, o beijo daquela moribunda talvez te regenerasse. Da morte nasce muitas vezes a vida. Dizem que se a rabeca de Paganini dava sons tão humanos, tão melodiosos, é que ele fizera passar a alma de sua mãe, de sua velha mãe moribunda, pelas cordas e pela caverna de seu instrumento. Sentes frio, que te embuças assim no teu capote?

Macário

Satã, fecha aquela janela. O ar da noite me faz mal. O luar me gela. Demais, senti nas folhagens ao longe um estremecer. Que som abafado é aquele ao longe? Dir-se-ia o arranco de um velho que estrebucha.

Satã

É a meia-noite. Não ouves?

Macário

Sim. É a meia-noite. A hora amaldiçoada, a hora que faz medo às beatas, e que acorda o ceticismo. Dizem que a essa hora vagam espíritos, que os cadáveres abrem os lábios inchados e murmuram mistérios... É verdade, Satã?

Satã

Se não tivesses tanto frio, eu te levaria comigo ao campo. Eu te adormeceria no cemitério e havias ter sonhos como ninguém os tem, e como os que os têm não querem crê-los.

Macário

Bem, muito bem. Irei contigo.

Satã

Vamos, pois. Dá-me tua mão. Está fria como a de um defunto! Dentro em alguns momentos estaremos longe daqui. Dormirás esta noite um sono bem profundo.

Macário

O da morte?

Satã

Fundo como o do morto: mas acordarás, e amanhã lembrarás sonhos como um ébrio nunca vislumbrou.

Macário

Vamos – estou pronto.

Satã

Deixa-me beber um trago de curaçau. – Vamos. A lua parou no céu. Tudo dorme. É a hora dos mistérios. Deus dorme no seio da criação como Loth no regaço incestuoso de sua filha. Só vela Satã.

[*NO CEMITÉRIO*][2]
Satã, com a mão sobre o estômago de Macário,
que está deitado sobre um túmulo.

Satã

Acorda!

Macário (*estremece*)

Ah! pensei nunca mais acordar! Que sono profundo!

Satã

Divertiste muito à noite, não?

Macário

É horrível! horrível!

Satã

Fala.

Macário

Meu peito se exauriu. Meus lábios não podem transbordar estes mistérios.

Satã

Era, pois, muito medonho o que vias? Levanta-te daí.

---
[2] Esta marcação entre colchetes foi posta por mim. (A.C.)

Macário

Não posso: quebrou-se meu corpo entre os braços do pesadelo. Não posso.

Satã

Liba esse licor: uma gota bastaria para reanimar um cadáver.

Macário (*Toca-o nos lábios.*)

Que fogo! meu peito arde. Ah! ah! que dor!

Satã

Não sabes que para o metal bruto se derreter e cristalizar é mister um fogo ardente, ou a centelha magnética?

Macário

Que sonho! Era um ar abafado – sem nuvens e sem estrelas! – Que escuridão! Ouvia-se apenas de espaço a espaço um baque como o de um peso que cai no mar e afunda-se... Às vezes vinha uma luz, como uma estrela ardente, cair e apagar-se naquela lagoa negra... Depois eu vi uma forma de mulher pensativa. Era nua e seu corpo era perfeito como o de um anjo – mas era lívido como o mármore. Seus olhos eram vidrados, os lábios brancos, e as unhas roxeadas. Seu cabelo era loiro, mas tinha uns reflexos de branco. – Que dor desconhecida a gelara assim e lhe embranquecera os cabelos? não sei. Ela se erguia às vezes, cambaleando, estremecendo suas pernas indecisas, como uma criança que tirita; – e se perdia nas trevas. Eu a segui. Caminhamos longo tempo num chão pantanoso...

Satã

E tu a viste parar numa torrente que transbordava de cadáveres – tomá-los um por um nos braços sem sangue, apertar-se gelada naqueles seios de gelo, – revolver-se, tremer, arquejar – e erguer-se depois sempre com um sorriso amargo.

Macário

Quem era essa mulher?

Satã

Era um anjo. Há cinco mil anos que ela tem o corpo da mulher e o anátema de uma virgindade eterna. Tem todas as sedes, todos os apetites lascivos, mas não pode amar. Todos aqueles em que ela toca se gelam. Repousou o seu seio, roçou suas faces em muitas virgens e prostitutas, em muitos velhos e crianças – bateu a todas as portas da criação, estendeu-se em todos os leitos e com ela o silêncio... Essa estátua ambulante é quem murcha as flores, quem desfolha o outono, quem amortalha as esperanças.

Macário

Quem é?

Satã

E depois o que viste?

Macário

Vi muita coisa... Eram mil vozes que rebentavam do abismo, ardentes de blasfêmia! Das montanhas e dos vales da terra, das noites de amor e das noites de agonia, dos leitos do noivado aos túmulos da morte erguia-se uma voz que dizia: – Cristo, sê maldito! Glória, três vezes glória ao anjo do mal! – E as estrelas fugiam chorando, derramando suas lágrimas de fogo... E uma figura amarelenta beijava a criação na fronte, – e esse beijo deixava uma nódoa eterna...

Satã

Estás muito pálido. E contudo sonhaste só meia hora.

Macário

Eu pensei que era um século. O que um homem sente em cem anos não equivale a esse momento. Que estrela é aquela que caiu do céu, que ai é esse que gemeu nas brisas?

Satã

É um filho que o pai enjeitou. É um anjo que desliza na terra. Amanhã talvez o encontres. A pérola talvez se enfie num colar de bagas impuras – talvez o diamante se engaste em cobre. Aposto como daqui a um momento será uma mulher, daqui a um dia uma Santa Madalena!

Macário

Descrido!

Satã

O anjo é a criatura do amor. E o que há mais aberto ao amor que a filha de Jerusalém? Qual é a sombra onde mais vezes tem vibrado essa pólvora mágica e incompreensível? Qual é o seio onde têm caído ardentes mais lágrimas de gozo?

Macário

Não ouviste um ai? um outro ai ainda mais dorido?

Satã

É algum bacurau que passou; algum passarinho que acordou nas garras de uma coruja.

Macário

Não: o eco ainda o repete. Ouves? é um ai de agonia, uma voz humana! Quem geme a essas horas? Quem se torce na convulsão da morte?

Satã (*dando uma gargalhada*)

Ah! ah! ah!

Macário

Que risada infernal. Não vês que tremo? Que o vento que me trouxe esse ai me arrepiou os cabelos? Não sentes o suor frio gotejar de minha fronte?

Satã (*Ri-se.*)

Ah! ah! ah!

Macário

Satã! Satã! Que ai era aquele?

Satã

Queres muito sabê-lo?

Macário

Sim! pelo inferno ou pelo céu!

Satã

É o último suspiro de uma mulher que morreu, é a última oração de uma alma que se apagou no nada.

Macário

E de quem é esse suspiro? por que é essa oração?

Satã

Decerto que não é por mim... Insensato, não adivinhas que essa voz é a de tua mãe, que essa oração era por ti?

Macário

Minha mãe! minha mãe!

Satã

Pelas tripas de Alexandre Borgia! Choras como uma criança!

Macário

Minha mãe! minha mãe!

Satã

Então ficas aí?

Macário

Vai-te, vai-te, Satã! Em nome de Deus! em nome de minha mãe! eu te digo – Vai-te!

Satã (*desaparecendo*)

É por pouco tempo. Amanhã me chamarás. Quando me quiseres é fácil chamar-me. Deita-te no chão com as costas para o céu; põe a mão esquerda no coração; com a direita bate cinco vezes no chão, e murmura – Satã!

A ESTALAGEM DO CAMINHO (DO PRINCÍPIO)
As janelas fechadas. Batem à porta.

Macário (*acordando*)

Que sonho! Foi um sonho... Satã! Qual Satã! Aqui estão as minhas botas, ali está o meu ponche... A ceia está intacta na mesa! Minha garrafa vazia do mesmo modo! Contudo eu sou capaz de jurar que não sonhei! Olá mulher da venda!

A Mulher (*batendo de fora*)

Senhor moço! Abra! abra!

Macário

Que algazarra do diabo é essa? (*Abre a porta. Entra a mulher.*)

A Mulher

Ah! Senhor! estou cansada de bater à sua porta! Pois o senhor dorme o sono solto até três horas da tarde!

Macário

Como?

A Mulher

Nem ceou – aposto: nem ceou. A vela ardeu toda. Ora vejam como podia pegar fogo na casa! Pegou no sono, comendo decerto!

Macário

Esta é melhor! Pois aqui não esteve ninguém ontem comigo?

A Mulher

Pela fé de Cristo! ninguém.

Macário

Pois eu não saí daqui de noite, alta noite, na garupa de um homem de ponche vermelho e preto, porque meu burro tinha fugido para o sítio do Nhô Quito?

A Mulher (*espantada, benzendo-se*)

Não, senhor! não ouvi nada... O burro está amarrado na baia. Comeu uma quarta de milho...

Macário (*Chega à janela.*)

Como! Não choveu a cântaros esta noite? É singular! Eu era capaz de jurar que cheguei até a cidade, antes de meia-noite!

A Mulher (*benzendo-se*)

Se não foi por artes do diabo, o senhor estava sonhando.

Macário

O diabo! (*Dá uma gargalhada à força.*) Ora, sou um pateta! Qual diabo, nem meio diabo! Dormi comendo, e sonhei nestas asneiras!... Mas que vejo! (*Olhando para o chão.*) Não vês?

A Mulher

O que é? Ai! ai! uns sinais de queimado aí pelo chão! Cruz! Cruz! Minha Nossa Senhora de S. Bernardo!... É um trilho de um pé...

Macário

Tal e qual um pé!...

A Mulher

Um pé de cabra... um trilho queimado... Foi o pé do diabo! o diabo andou por aqui!

ÍNDICE

Prefácio 7

Da primeira parte da LIRA DOS VINTE ANOS

No mar 19
Anjos do mar 22
Quando à noite no leito perfumado 23
Na minha terra 24
Crepúsculo nas montanhas 29
Soneto 33
Lembrança de morrer 34

Da segunda parte da LIRA DOS VINTE ANOS

Prefácio 39
Ideias íntimas 41
Spleen e charutos 53
Namoro a cavalo 62
Dinheiro 64
Minha desgraça 65

Da terceira parte da LIRA DOS VINTE ANOS.

Por que mentias? 69
Meu sonho 70

De POESIAS DIVERSAS

A minha esteira 75
Se eu morresse amanhã! 76

De O POEMA DO FRADE

Canto primeiro 79

De O CONDE LOPO

Invocação... 97
(Trecho do Canto III).. 103
Canto IV 105
(Trecho do Canto V).. 109

De MACÁRIO

Primeiro episódio 115

"Das imagens satânicas que povoavam a fantasia do adolescente dão exemplo os contos macabros de *A noite na taverna*, simbolista *avant la lettre*, e alguns versos febris de *O Conde Lopo* e do *Poema do frade*. Também nessa literatura que herdou de Blake e de Byron a fusão de libido e instinto de morte, Álvares de Azevedo caminhava na esteira de um Romantismo em progresso enquanto trazia à luz da contemplação poética os domínios obscuros do inconsciente."

Alfredo Bosi

"(...) um mancebo a quem, mais de que a nenhum outro poeta brasileiro, caberia talvez o epíteto de gênio."

José Veríssimo

"Das figuras principais e mais cotadas do nosso Romantismo ele é bem o que mais dá a impressão íntima do gênio; não do gênio atingível através das paciências compridas, mas do gênio independente, por assim dizer espontâneo, capaz de criar uma obra formidável."

Mário de Andrade

COLEÇÃO MELHORES POEMAS

AFFONSO ROMANO DE SANT'ANNA
Seleção e prefácio de Miguel Sanches Neto

ALBERTO DA COSTA E SILVA
Seleção e prefácio de André Seffrin

ALBERTO DE OLIVEIRA
Seleção e prefácio de Sânzio de Azevedo

ALMEIDA GARRET
Seleção e prefácio de Izabela Leal

ALPHONSUS DE GUIMARAENS
Seleção e prefácio de Alphonsus de Guimaraens Filho

ALPHONSUS DE GUIMARAENS FILHO
Seleção e prefácio de Afonso Henriques Neto

ALVARENGA PEIXOTO
Seleção e prefácio de Antonio Arnoni Prado

ÁLVARES DE AZEVEDO
Seleção e prefácio de Antonio Candido

ÁLVARO ALVES DE FARIA
Seleção e prefácio de Carlos Felipe Moisés

ANTERO DE QUENTAL
Seleção e prefácio de Benjamin Abdalla Junior

ANTONIO BRASILEIRO*

ARMANDO FREITAS FILHO
Seleção e prefácio de Heloisa Buarque de Hollanda

ARNALDO ANTUNES
Seleção e prefácio de Noemi Jaffe

AUGUSTO DOS ANJOS
Seleção e prefácio de José Paulo Paes

AUGUSTO FREDERICO SCHMIDT
Seleção e prefácio de Ivan Marques

AUGUSTO MEYER
Seleção e prefácio de Tania Franco Carvalhal

BOCAGE
Seleção e prefácio de Cleonice Berardinelli

BUENO DE RIVERA
Seleção e prefácio de Affonso Romano de Sant'Anna

CARLOS NEJAR
Seleção e prefácio de Léo Gilson Ribeiro

CARLOS PENA FILHO
Seleção e prefácio de Edilberto Coutinho

CASIMIRO DE ABREU
Seleção e prefácio de Rubem Braga

CASSIANO RICARDO
Seleção e prefácio de Luiza Franco Moreira

CASTRO ALVES
Seleção e prefácio de Lêdo Ivo

CECÍLIA MEIRELES
Seleção e prefácio de André Seffrin

CESÁRIO VERDE
Seleção e prefácio de Leyla Perrone-Moisés

CLÁUDIO MANUEL DA COSTA
Seleção e prefácio de Francisco Iglésias

CORA CORALINA
Seleção e prefácio de Darcy França Denófrio

CRUZ E SOUSA
Seleção e prefácio de Flávio Aguiar

DANTE MILANO
Seleção e prefácio de Ivan Junqueira

FAGUNDES VARELA
Seleção e prefácio de Antonio Carlos Secchin

FERNANDO PESSOA
Seleção e prefácio de Teresa Rita Lopes

FERREIRA GULLAR
Seleção e prefácio de Alfredo Bosi

FLORBELA ESPANCA
Seleção e prefácio de Zina Bellodi

GILBERTO MENDONÇA TELES
Seleção e prefácio de Luiz Busatto

GONÇALVES DIAS
Seleção e prefácio de José Carlos Garbuglio

GREGÓRIO DE MATOS
Seleção e prefácio de Darcy Damasceno

GUILHERME DE ALMEIDA
Seleção e prefácio de Carlos Vogt

HAROLDO DE CAMPOS
Seleção e prefácio de Inês Oseki-Dépré

HENRIQUETA LISBOA
Seleção e prefácio de Fábio Lucas

IVAN JUNQUEIRA
Seleção e prefácio de Ricardo Thomé

JOÃO CABRAL DE MELO NETO
Seleção e prefácio de Antonio Carlos Secchin

JORGE DE LIMA
Seleção e prefácio de Gilberto Mendonça Teles

JOSÉ PAULO PAES
Seleção e prefácio de Davi Arrigucci Jr.

LÊDO IVO
Seleção e prefácio de Sergio Alves Peixoto

LINDOLF BELL
Seleção e prefácio de Péricles Prade

LUÍS DE CAMÕES
Seleção e prefácio de Leodegário A. de Azevedo Filho

LUÍS DELFINO
Seleção e prefácio de Lauro Junkes

LUIZ DE MIRANDA
Seleção e prefácio de Regina Zilbermann

MACHADO DE ASSIS
Seleção e prefácio de Alexei Bueno

MANUEL BANDEIRA
Seleção e prefácio de André Seffrin

MARCO LUCCHESI*

MÁRIO DE ANDRADE
Seleção e prefácio de Gilda de Mello e Souza

MÁRIO DE SÁ-CARNEIRO
Seleção e prefácio de Lucila Nogueira

MÁRIO FAUSTINO
Seleção e prefácio de Benedito Nunes

MARIO QUINTANA
Seleção e prefácio de Fausto Cunha

MENOTTI DEL PICCHIA
Seleção e prefácio de Rubens Eduardo Ferreira Frias

MURILO MENDES
Seleção e prefácio de Luciana Stegagno Picchio

NAURO MACHADO
Seleção e prefácio de Hildeberto Barbosa Filho

OLAVO BILAC
Seleção e prefácio de Marisa Lajolo

PATATIVA DO ASSARÉ
Seleção e prefácio de Cláudio Portella

PAULO LEMINSKI
Seleção e prefácio de Fred Góes e Álvaro Marins

PAULO MENDES CAMPOS
Seleção e prefácio de Humberto Werneck

RAIMUNDO CORREIA
Seleção e prefácio de Telenia Hill

RAUL DE LEONI
Seleção e prefácio de Pedro Lyra

RIBEIRO COUTO
Seleção e prefácio de José Almino

RONALD DE CARVALHO*

RUY ESPINHEIRA FILHO
Seleção e prefácio de Sérgio Martagão Gesteira

SOSÍGENES COSTA
Seleção e prefácio de Aleilton Fonseca

SOUSÂNDRADE
Seleção e prefácio de Adriano Espínola

THIAGO DE MELLO
Seleção e prefácio de Marcos Frederico Krüger

TOMÁS ANTÔNIO GONZAGA
Seleção e prefácio de Alexandre Eulalio

TORQUATO NETO
Seleção de Cláudio Portella

VICENTE DE CARVALHO
Seleção e prefácio de Cláudio Murilo Leal

WALMIR AYALA
Seleção e prefácio de Marco Lucchesi

*PRELO